愿你，归来仍是少年

以欢喜心过生活　以温柔心除挂碍

林清玄 著

长江出版传媒　长江文艺出版社

图书在版编目（ＣＩＰ）数据

愿你，归来仍是少年 / 林清玄著. -- 武汉：长江文艺出版社，2017.3（2020.5 重印）
（林清玄启悟人生系列）
ISBN 978-7-5354-7834-4

Ⅰ. ①愿… Ⅱ. ①林… Ⅲ. ①散文集－中国－当代 Ⅳ. ①I267

中国版本图书馆 CIP 数据核字(2015)第 029750 号

湖北省版权局著作权合同登记图字 17-2013-069 号

本书由台北九歌出版社有限公司授权出版

责任编辑：孙　琳	责任校对：毛　娟
封面设计：壹　诺	责任印制：邱　莉　杨　帆
插图绘制：胡　鲲　等	

出版：长江出版传媒　长江文艺出版社

地址：武汉市雄楚大街 268 号　　邮编：430070
发行：长江文艺出版社
http://www.cjlap.com
印刷：湖北恒泰印务有限公司

开本：880 毫米×1230 毫米　　1/32　　印张：7.5　插页：2 页
版次：2017 年 3 月第 1 版　　2020 年 5 月第 15 次印刷
字数：173 千字

定价：32.80 元

版权所有，盗版必究（举报电话：027—87679308　87679310）
（图书出现印装问题，本社负责调换）

第一章
经百千劫，犹不能报父母深恩

3　飞入芒花
12　过火
22　在梦的远方
29　白雪少年
32　红心番薯
38　期待父亲的笑
46　花籽
49　阿火叔与财旺伯仔
54　咫尺千里

第二章
阅读故乡的一百个方法

61　箩筐
70　溪洲荥阳堂记事
74　仙堂戏院
79　卡其布制服
82　冰糖芋泥
87　散步去吃猪眼睛
92　阅读故乡的一百个方法

目录
CONTENTS

96 满天都是小星星

102 无风絮自飞

105 落地生根

110 秘密的地方

第三章
幸好人生有离别

121 云无心而出岫

124 鸳鸯香炉

130 南国

133 无声飘落

136 苦瓜特选

139 落菊

145 情困与物困

150 黄昏月娘要出来的时候

156 忘情花的滋味

159 松子茶

162 枯萎的桃花心木

第四章
好雪片片

- 169　四随
- 178　三好一公道
- 183　阴阳巷
- 190　命脉
- 194　怀君与怀珠
- 199　黑暗的剪影
- 202　生命的化妆
- 205　好雪片片
- 209　梅香
- 211　我唯一的松鼠
- 218　暹罗猫的一夜
- 224　野炊
- 227　林妈妈水饺
- 231　天下第一针

\>\>\>\>\>\>

白雪一样无瑕的少年岁月,

因为它那样白那样纯净,

几乎所有的事物都可以涵容

PART 1

第一章

经百千劫,
犹不能报父母深恩

想起萤火虫如何从芒花中哗然飞起,

想起母亲脸上突然绽放的光泽,

想起在这广大的人间,

我唯一的母亲。

飞入芒花

　　母亲蹲在厨房的大灶旁边,手里拿着柴刀,用力劈砍香蕉树多汁的草茎,然后把剁碎的小茎丢到灶中大锅,与馊水同熬,准备去喂猪。

　　我从大厅迈过后院,跑进厨房时正看到母亲额上的汗水反射着门口射进的微光,非常明亮。

　　"妈,给我两角。"我靠在厨房的木板门上说。

　　"走!走! 走!没看到没闲吗?"母亲头也没抬,继续做她的活儿。

　　"我只要两角银。"我细声但坚定地说。

　　"要做什么?"母亲被我这异乎寻常的口气触动,终于看了我一眼。

　　"我要去买金啖。"金啖是三十年前乡下孩子唯一能吃到的糖,浑圆的,坚硬的糖球上面黏了一些糖粒。一角钱两粒。

　　"没有钱给你买金啖。"母亲用力地把柴刀剁下去。

　　"别人都有?为什么我们没有?"我怨愤地说。

"别人是别人,我们是我们,没有就是没有,别人做皇帝你怎么不去做皇帝!"母亲显然动了肝火,用力地剁香蕉块。柴刀砍在砧板上咚咚作响。

"做妈妈是怎么做的?连两角钱买金啖都没有?"

母亲不再作声,继续默默工作。

我那一天是吃了秤锤铁了心,冲口而出:"不管,我一定要!"说着就用力地踢厨房的门板。

母亲用尽力气,柴刀咔的一声站立在砧板上,顺手抄起一根生火的竹管,气极败坏地一言不发,劈头劈脑就打了下来。

我一转身,飞也似的蹿了出去,平常,我们一旦忤逆了母亲,只要一溜烟跑掉,她就不再追究,所以只要母亲一火,我们总是一口气跑出去。

那一天,母亲大概是气极了,并没有转头继续工作,反而快速地追

了出来。我正奇怪的时候,发现母亲的速度异乎寻常的快,几乎像一阵风一样,我心里升起一种恐怖的感觉,想到脾气一向很好的母亲,这一次大概是真正生气了,万一被抓到一定会被狠狠打一顿。母亲很少打我们,但只要她动了手,必然会把我们打到讨饶为止。

边跑边想,我立即选择了那条火车路的小径,那是家附近比较复杂而难走的小路,整条都是枕木,铁轨还通过旗尾溪,悬空架在上面,我们天天都在这里玩耍,路径熟悉,通常母亲追我们的时候,我们就选这条路跑,母亲往往不会追来,而她也很少把气生到晚上,只要晚一点回家,让她担心一下,她气就消了,顶多也只是数落一顿。

那一天真是反常,母亲提着竹管,快步地跨过铁轨的枕木追过来,好像不追到我不肯罢休。我心里虽然害怕,却还是有恃无恐,因为我的身高已经长得快与母亲平行了,她即使用尽全力也追不上我,何况是在火车路上。

我边跑还边回头望母亲，母亲脸上的表情是冷漠而坚决的。我们一直维持着二十几公尺的距离。

"唉唷！"我跑过铁桥时，突然听到母亲惨叫一声，一回头，正好看到母亲扑跌在铁轨上面，噗的一声，显然跌得不轻。

我的第一个反应是：一定很痛！因为铁轨上铺的都是不规则的碎石子，我们这些小骨头跌倒都痛得半死，何况是妈妈？

我停下来，转身看母亲，她一时爬不起来，用力搓着膝盖，我看到鲜血从她的膝上汩汩流出，鲜红色的，非常鲜明。母亲咬着牙看我。

我不假思索地跑回去，跑到母亲身边，用力扶她站起，看到她腿上的伤势实在不轻，我跪下去说："妈，您打我吧！我错了。"

母亲把竹管用力地丢在地上，这时，我才看见她的泪从眼中急速地流出，然后她把我拉起，用力抱着我，我听到火车从很远很远的地方开过来。

我用力拥抱着母亲说："我以后不敢了。"

这是我小学二年级时的一幕，每次一想到母亲，那情景就立即回到我的心版，重新显影，我记忆中的母亲，那是她最生气的一次。其实，母亲是个很温和的人，她最不同的一点是，她从来不埋怨生活，很可能她心里也是埋怨的，但她嘴里从不说出，我这辈子也没听她说过一句粗野的话。

因此，母亲是比较倾向于沉默的，她不像一般乡下的妇人喋喋不休。这可能与她的教育与个性都有关系，在母亲的那个年代，她算是幸运的，因为受到初中的教育，日据时代的乡间能读到初中已算是知识分子了，何况是个女子。在我们那方圆几里内，母亲算是知识丰富的人，而且她写得一手娟秀的字，这一点是我小时候常引以为傲的。

我的基础教育都是来自母亲，很小的时候她就把三字经写在日历纸上让我背诵，并且教我习字。我如今写得一手好字就是受到她的影响，她常说："别人从你的字里就可以看出你的为人和性格了。"

早期的农村社会，一般孩子的教育都落在母亲的身上，因为孩子多，父亲光是养家已经没有余力教育孩子。我们很幸运的，有一位明理的、有知识的母亲。这一点，我的姊姊体会得更深刻，她考上大学的时候，母亲力排众议对父亲说："再苦也要让她把大学读完。"在二十年前的乡间，给女孩子去读大学是需要很大的决心与勇气的。

母亲的父亲——我的外祖父——在他居住的乡里是颇受敬重的士绅，日据时代在政府机构任职，又兼营农事，是典型耕读传家的知识分子，他连续拥有了八个男孩，晚年时才生下母亲，因此，母亲的童年与少女时代格外受到钟爱，我的八个舅舅时常开玩笑地说："我们八个兄弟合起来，还比不上你母亲的受宠爱。"

母亲嫁给父亲是"半自由恋爱"，由于祖父有一块田地在外祖父家旁，父亲常到那里去耕作，有时藉故到外祖父家歇脚喝水，就与母亲相识，互相闲谈几句，生起一些情意。后来祖父央媒人去提亲，外祖父见父亲老实可靠，勤劳能负责任，就答应了。

父亲提起当年为了博取外祖父母和舅舅们的好感，时常挑着两百多斤的农作在母亲家前来回走过，才能顺利娶回母亲。

其实，父亲与母亲在身材上不是十分相配的，父亲是身高六尺的巨汉，母亲的身高只有一米五十，相差达三十公分。我家有一幅他们的结婚照，母亲站到父亲耳际，大家都觉得奇怪，问起来，才知道宽大的白纱礼服里放了一个圆凳子。

母亲是嫁到我们家才开始吃苦的，我们家的田原广大，食指浩繁，是当地少数的大家族。母亲嫁给父亲的头几年，大伯父二伯父相继过世，大伯母也随之去世，家外的事全由父亲撑持，家内的事则由二伯母和母亲负担，一家三十几口的衣食，加上养猪饲鸡，辛苦与忙碌可以想见。

我印象里还有几幕影像鲜明的静照,一幕是母亲以蓝底红花背巾背着我最小的弟弟,用力撑着猪栏要到猪圈里去洗刷猪的粪便。那时母亲连续生了我们六个兄弟姊妹,家事操劳,身体十分瘦弱。我小学一年级,么弟一岁,我常在母亲身边跟进跟出,那一次见她用力撑着跨过猪圈,我第一次体会到母亲的辛苦而落下泪来,如今那一条蓝底红花背巾的图案还时常浮现出来。

另一幕是,有时候家里缺乏青菜,母亲会牵着我的手,穿过家前的一片菅芒花,到番薯田里去采番薯叶,有时候则到溪畔野地去摘鸟莘菜或芋头的嫩茎。有一次母亲和我穿过芒花的时候,我发现她和新开的芒花一般高,芒花雪样的白,母亲的发墨一般的黑,真是非常的美。那时感觉到能让母亲牵着手,真是天下最幸福的事。

还有一幕是,大弟因小儿麻痹死去的时候,我们都忍不住大声哭泣,唯有母亲以双手掩面悲号,我完全看不见她的表情,只见到她的两道眉毛一直在那里抽动。依照习俗,死了孩子的父母在孩子出殡那天,要用拐杖击打棺木,以责备孩子的不孝,但是母亲坚持不用拐杖,她只是扶着弟弟的棺木,默默地流泪,母亲那时的样子,到现在在我心中还鲜明如昔。

还有一幕经常上演的,是父亲到外面去喝酒彻夜未归,如果是夏日的夜晚,母亲就会搬着藤椅坐在晒谷场说故事给我们听,讲虎姑婆,或者孙悟空,讲到孩子都撑不开眼睛而倒在地上睡着。

有一回,她说故事到一半,突然叫起来说:"呀!真美。"我们回过头去,原来是我们家的狗互相追逐跑进前面那一片芒花,栖在芒花里无数的萤火虫哗然飞起,满天星星点点,衬着在月下波浪一样摇曳的芒花,真是美极了。美得让我们都呆住了。我再回头,看到那时才三十岁的母亲,脸上流露着欣悦的光泽,在星空下,我深深觉得母亲是多么的美丽,只有那时母亲的美才配得上满天的萤火。

于是那一夜，我们坐在母亲身侧，看萤火虫一一地飞入芒花，最后，只剩下一片宁静优雅的芒花轻轻摇动，父亲果然未归，远处的山头晨曦微微升起，萤火在芒花中消失。

我和母亲的因缘也不可思议，她生我的那天，父亲急急跑出去请产婆来接生，产婆还没有来的时候我就生出了，是母亲拿起床头的剪刀亲手剪断我的脐带，使我顺利地投生到这个世界。

年幼的时候，我是最令母亲操心的一个，她为我的病弱不知道流了多少泪，在我得急病的时候，她抱着我跑十几里路去看医生，是常有的事。尤其在大弟死后，她对我的照顾更是无微不至，我今天能有很棒的身体，是母亲在十几年间仔细调护的结果。

我的母亲是这个世界上无数的平凡人之一，却也是这个世界上无数伟大的母亲之一，她是那样传统，有着强大的韧力与耐力，才能从艰苦的农村生活过来，不丝毫怀忧怨恨。她们那一代的生活目标非常的单纯，只是顾着丈夫、照护儿女，几乎从没有想过自己的存在，在我的记忆中，母亲的忧病都是因我们而起，她的快乐也是因我们而起。

不久前，我回到乡下，看到旧家前的那一片芒花已经完全不见了，盖起一间一间的透天厝，现在那些芒花呢？仿佛都飞来开在母亲的头上，母亲的头发已经花白了，我想起母亲年轻时候走过芒花的黑发，不禁百感交集。尤其是父亲过世以后，母亲显得更孤单了，头发也更白了，这些，都是她把半生的青春拿来抚育我们的代价。

童年时代，陪伴母亲看萤火虫飞入芒花的星星点点，在时空无常的流变里也不再有了，只有当我望见母亲的白发时才想起这些，想起萤火虫如何从芒花中哗然飞起，想起母亲脸上突然绽放的光泽，想起在这广大的人间，我唯一的母亲。

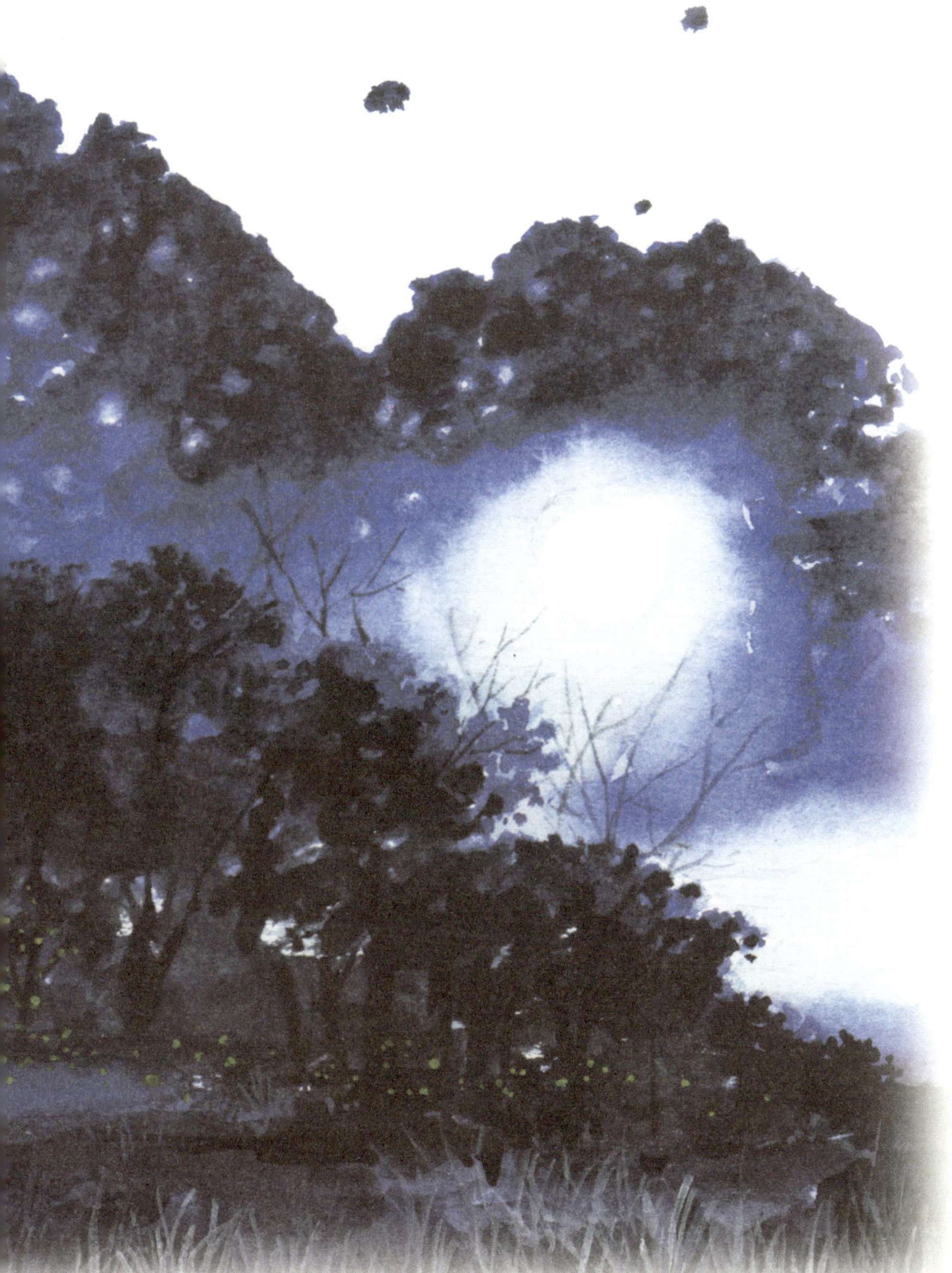

过火

　　是冬天刚刚走过，春风蹑足敲门的时节，天气像是晨荷巨大叶片上浑圆的露珠，晶莹而明亮，台风草和野姜花一路上微笑着向我们招呼。

　　妈妈一早就把我唤醒了，我们要去赶一场盛会，在这次妈祖生日盛会里有一场过火的盛典，早在几天前我们就开始斋戒沐浴，妈妈常两手抚着我瘦弱的肩膀，幽幽地对爸爸说："妈祖生时要带他去过火。"

　　"火是一定要过的。"爸爸坚决地说，他把锄头靠在门侧，挂起了斗笠，长长叹一口气，然后我们没有再说什么话，就围聚起来吃着简单的晚餐。

　　从小，我就是个瘦小而忧郁的孩子，每天爬山涉水并没有使我的身体勇健，父母亲长期垦荒拓土的恒毅忍艰也丝毫没有遗传给我。

　　爸爸曾经为我做过种种努力，他一度希望我成为好猎人，每天叫我背着水壶跟他去打猎，我却常在见到山猪和野猴时吓得大哭失声，使得爸爸几度失去他的猎物，然后就撑着双管猎枪紧紧搂抱着我，他的泪水濡湿我的肩胛，喃喃地说："怎么会这样，怎么会生出这样的孩子……"

他又寄望我成为一个农夫，常携我到山里工作，我总是在烈日烧烤下昏倒在正需要开垦的田地里，也时常被草丛中窜出的毒蛇吓得屁滚尿流，爸爸不得不放下锄头跑过来照顾我。醒来的那一刻我总是听到爸爸长长而悲伤的叹息。

我也天天暗下决心要做一个男子汉，慢慢地，我变得硬朗了，爸妈也露出欣慰的笑容，可是他们的努力和我的努力一起崩溃了，在我孪生的弟弟七岁那年死的时候。

眼见到和自己一模一样的弟弟死去，我竟也像死去一半了，失去了生存的勇气，我变成一个失魄的孩子，每天眉头深结，形销骨立，所有的医生都看尽了，所有的补药都吃尽了，换来的仍是叹息和眼泪。

然后爸爸妈妈想到神明。想到神明好像一切希望都来了。

神明也没有医好我，他们又祈求十年一次的大过火仪式，可以让他们命在旦夕的儿子找到一闪生命的火光。

我强烈地惦怀弟弟，他清俊的脸容常在暗夜的油灯中清晰出来，他的脸是刀凿般深刻，连唇都有血一样的色泽。我们曾脐带相连地度过许多快乐和凄苦的岁月，我念着他，不仅因为他是我的兄弟，而是我们生命血肉的最根源处紧紧纠结。

弟弟的样貌和我一模一样，个性却不同，弟弟强韧、坚毅而果决，我是忧郁、畏缩而软弱，如果说爸爸妈妈是一间使我们温暖的屋宇，弟弟和我便是攀爬而上的两种植物，弟弟是充满霸气的万年青，我则是脆弱易折的牵牛，两者虽然交缠分不出面目，又是截然不同，万年青永远盎然充满炽盛的绿意，牵牛则常开满忧郁的小花。

刚上一年级，弟弟在上学的长途中常常负我涉水过河，当他在急湍的河水中苦涉时，我只能仰头看白云缓缓掠过。放学回家，我们要养鸡鸭，还要去割牧草，弟弟总是抢着做工，把割来的牧草与我对分，免得回家受到爸妈责备的目光。

弟弟也常为我的懦弱吃惊，每次他在学校里打架输了，总要咬牙恨恨地望我。有一回，他和班上的同学打架，我只能缩在墙角怔怔地看着，最后弟弟打输了，坐跌在地上，嘴角淌着细细的血丝，无限哀怨地凝睇着他无用的哥哥。

我撑着去扶他，弟弟一把推开我，狂奔出教室。

那时已是秋深了，相思树的叶子黄了，灰白的野芒草在秋风中杂乱地飞舞，弟弟拼命奔跑，像一只中枪惊惶而狂怒的白鼻心，要藉着狂跑吐尽心中的最后一口气。

"宏弟，宏弟。"

我撕开喉咙叫喊。弟弟一口气奔到黑肚大溪，终于力尽了颓坐下来，缓缓地躺卧在溪旁，我的心凹凸如溪畔团团围住弟弟的乱石。

风，吹得很急。

等我气喘吁吁赶到，看见弟弟脸上已爬满了泪水，一张脸湿糊糊的，嘴边还凝结着褐暗色的血丝，脸上的肌肉紧紧地抽着，像是我们农田里用久了的帮浦。

我坐着，弟弟躺卧着，夕阳斜着，把我们的影子投照在急速流去的溪中。

弟弟轻轻抽泣很久，抬头望着天云万叠的天空，低哑着声音问：

"哥，如果我快被打死了，你会不会帮助我？"

之后，我们便紧紧相拥放声痛哭，哭得天都黄昏了，听见溪水潺潺，才一言不发走回家。

那是我和弟弟最后的一个秋天，第二年他便走了。

爸爸牵我左手，妈妈执我右手，在金光万道的晨曦中，我们终于出发了。一路上远山巅顶的云彩千变万化，我们对着阳光的方向走去，爸爸雄伟的体躯和妈妈细碎的步子伴随着我。

从山上到市镇要走两小时的山路，要翻过一座山涉过几条溪水，因为天早，一路上雀鸟都被我们的步声惊飞，偶尔还能看见刺竹林里松鼠忙碌地跳跃，我们没有说什么话，只是无声默默前行，一直走到黑肚大溪，爸爸背负我涉过水的对岸，突然站定，回头怅望迅即流去的溪水，隔了一会儿说：

"弟弟已经死了，不要再想他。"

"爸爸今天带你去过火，就像刚刚我们走水过来一样，你只要走过火堆，一切都会好转。"

爸爸看到我茫然的眼神，勉强微笑说：

"只不过是一个小小的火堆罢了。"

我们又开始赶路，我侧脸望着母亲手挽花布包袱的样子，她的眼睛里一片绿，映照出我们十几年垦拓出来的大地，两个眼睛水盈盈的。

我走得慢极了，心里只惦想着家里养的两只蓝雀仔，爸爸索性把我负在背上，愈走愈快，甚至把妈妈丢在远远的后头了。

穿过相思树林的时候，我看到远方小路尽头处有一片花花的阳光。

一个火堆突然莫名地闪过我的脑际。

抵达小镇的时候，广场上已经聚集了黑压压的人头，这是小镇十年一次的做醮，腾沸的人声与笑语嗡嗡地响动。我从架满肥猪的长列里走过，猪头张满了蹦起的线条，猪口里含着鲜新金橙色的橘子，被剖开肚子的猪仔们竟微笑着一般，怔怔地望着溢满欣喜的人群。

广场的左侧被清出一块光洁的空地，人们已经围聚在一起，看着

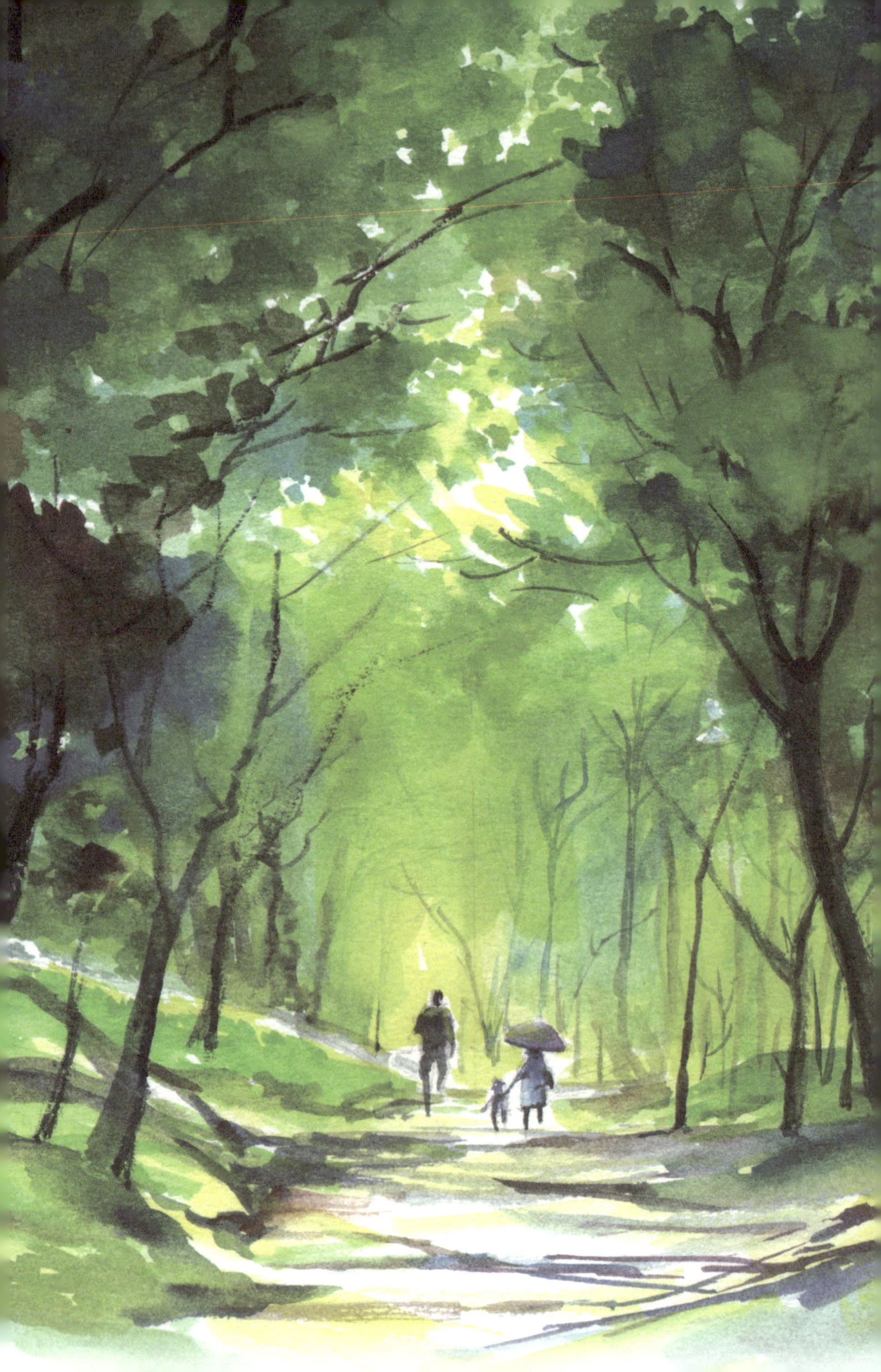

空地上正猛烈燃烧的薪材，爸爸告诉我那些木材至少有四千斤，火舌高扬冲上了湛蓝的天空，在毕毕剥剥的材裂声中我仿佛听见人们心里狂热的呼喊，人人的脸蛋都烘成了暖滋滋的新红色。两个穿着整齐衣着的人手拿丈长的竹竿正挑着火堆，挑一下，飞扬起一阵烟灰，火舌马上又追了上来。

一股刚猛的热气扑到我脸上，像要把我吞噬了。妈妈拉我到怀中，说："不要太靠近，会烫到。"正在这时，广场对角的戏台咚咚呛呛地响起了锣鼓，扮仙开始，好戏就要开锣了。

咚咚呛呛，咚咚呛，柴火慢慢小了，剩下来的是一堆红通通的火炭，裂成大大小小一块块，堆成一座火热的炭山。我想起爸爸要我走火堆，看热闹的心情好像一下子被水浇灭了。

"司公来了！司公来了！"人群里响起一阵呼喊，壅塞的人群眼睛全望向相同的方向，一个身穿黑色道袍头戴黑色道帽的人走来，深浓的黑袍上罩着一件猩红色的绸缎披肩，黑帽上还有一粒鲜红色的帽粒。

人群让开一条路，那个又高又瘦的红头道士踏着八卦步一摇一摆地走进来，脸上像一张毫无表情的画像。

人们安静下来了。

我却为这霎时的静默与远处噪闹的锣鼓而微微地颤抖。

红头道士做法事的另一边，一个赤裸上身的人正颤颤地发抖，颤动的狂热使人群的焦点又注视着他，爸爸牵我依过去，他说那是神的化身，叫做童乩。

童乩吐着哇哇不清的语句，他的身侧有一个金炉和一张桌子，桌上有笔墨和金纸。他摇得太快，使我的眼睛花乱了，他提起笔在金纸上乱画一通，有圈、有钩、有直，我看不出那是什么。爸爸领了一张，装在我的口袋里，说可以保佑我过火平安，平安装在我的口袋里便可以安心去过火了。

呜——呜——呜！呜！

远远望去，红头道士正在木炭堆边念咒语，烟雾使他成为一个诡异的立体，他左手持着牛角号，吹出了低沉而令人惊撼的声音。右手的一条蛇头软鞭用力抽打在地上，发出啪啪的响声，鞭声夹着号角声，人人都被震慑住了。

爸爸说，那是用来驱赶邪鬼的。

后来，道士又拿来一个装了清水的碗和盛满盐巴的篮子，他含了一口水，噗一声喷在炭上，嗤——一阵水烟蒸腾起来，他口中喃喃，然后把一篮盐巴遍撒在火堆上。三乘小轿在火堆旁绕圈子，有人拿长竹竿把火堆铺成一丈长四尺宽的火毡，几个精壮的汉子用力拨开人群，口里高呼着："请闪开，过火就要开始了。"

三乘小轿越转越快，转得像飞轮一样。

妈妈紧紧抱我在怀中。

三乘小轿的轿夫齐声呼喝，便顺序跃上火毡，嗤一声，我的心一阵紧缩，他们跨着大步很快地从火毡上跑过去，着地的那一刻，所有人都从梦般的静默里惊呼起来，一些好事的人跑过去看他们的脚，这时，轿夫笑了。

"火神来过了，火神来过了。"许多人忍不住狂呼跳叫。

红头道士依然在火堆旁念着神秘的不可知的像响自远天深处的咒语。

过火的乡人们都穿着一式的汗衫短裤，露出黧黑而多毛的腿，一排排的腿竟像冒着白烟，蒸腾着生命的热气。

那些腿都是落过田水的，都是在炙毒的阳光和阴诈的血蛭中慢慢长成，生活的熬炼就如火炭一直铸着他们——他们那样的兴奋，竟有一点去赶市集一样，人人面对炭火总是有些惊惶，可是老天有眼，他们相信这一双肉腿是可以过火的。

十二月天,冷酸酸的田水,和春天火炙炙的炭火并没有不同,一个是生活的历练,一个是生命的经验,都只不过是农人与天运搏斗的一个节目。

轿子,一乘乘地采取同样的步姿,夸耀似的走过火堆。

爸爸妈妈紧紧牵着我,每当嚯的声音响起,我的心就像被铁爪抓紧一般,不能动弹。

司锣的人一阵紧过一阵地敲响锣鼓。

轿夫一次又一次将他们赤裸的脚踝埋入红艳艳的火毡中。

随着锣鼓与脚踝的乱蹦乱跳,我的心也变得仓惶异常,想到自己要迈入火堆,像是陷进一个恐怖的海上噩梦,抓不到一块可以依归的浮木。

一张张红得诡谲的玄妙的脸闪到我的眼睫来。

我抓紧爸妈微微渗汗的手,思及弟弟在天地的风景中永远消失的一幕,他的脸像被火烤焦的紫红色,头一偏,便魔吒也似的去了,床侧焚烧的冥纸耀动鬼影般的火光。

在火光的交叠中,我看到领过符的乡民一一迈步跨入火堆。

有的步履沉重,有的矫捷,还有仓惶跑过的。

我看到一位老人背负着婴儿走进火堆,他青筋突起的腿脚毫不迟疑地埋进火中,使我想起庙顶上红绿交糅的庄严画像。爸爸告诉我,那是他重病的小儿子,神明用火来医治他。

咚咚呛呛,咚咚呛。

远处的戏锣和近处的锣鼓声竟交缠不清了。

"阿玄,轮到你了。"妈妈用很细的声音说。

"我——我怕。"

"不要怕,火神来过了,不要怕。"

爸妈推着我就要往火堆上送。

我抬头望望他们,央求地说:"爸,妈,你们和我一起走。"

"不行。只有你领了符。"爸爸正色道。

锣声响着。

火光在我眼前和心头交错。

爸妈由不得我,硬把我架走到火堆的起点。

"我不要,我不要——"我大声嚎哭起来。

"走,走!"爸爸吼叫着。

我不要——

妈——

我跪了下来,紧紧抱住妈妈的腿,泪水使我什么都看不见了。

"没出息。我怎么会生出这种儿子,给我现世,今天你不走,我就把你打死在火堆上。"爸爸的声音像夏天午后的西北雨雷,嗡嗡响动,我抬头看,他脸上爬满泪水,重重把我摔在地上,跑去抢起道坛上的蛇头软鞭,啪一声抽在我身旁的地上,溅起一阵泥灰。

"我打死你!我打死你!林姓的祖先做了什么孽,生出这样的孩子,我打死你,让你去和那个讨债的儿子做堆!"我从来没有看过爸爸暴怒的面容,他的肌肉纠结着,头发扬散如一头巨狮。

"你疯了。"妈妈抢过去拦他,声音凄厉而哀伤。

红头道士、轿夫们、人群都拥过来抓住爸爸正要飞来的鞭子。

锣也停了。

爸爸被四个人牢牢抓住,他不说话,虎目如电穿刺我的全身。

四周是可怕的静寂。

我突然看见弟弟的脸在血红的火堆中燃烧,想起爸爸撑着猎枪掉泪的面影和他辛苦荷锄的身姿，我猛地站起，对爸爸大声说："我走，我走给你看，今天如果我不敢走这火堆，就不是你的囝仔。"

锣声缓缓响起。

几千只目光如炬注视。

我走上了火堆。

第一步跨上去，一道强烈的热流从我脚底窜进，贯穿了我的全身，我的汗水和泪水全滴在火上，一声嗤，一阵烟。

我什么都看不见，仿佛陷进一个神秘的围城，只听到远天深处传来弟弟轻声的耳语："走呀！走呀！"那是一段很短的路，而我竟完全不知它的距离，不知它的尽处，相思林尽头的阳光亮起，脚下的火也浑然或忘了。

踩到地的那一刻，土地的冰凉使我大吃一惊，嘘——一声，全场的人都欢呼起来，爸爸妈妈早已等在这头，两个人抢抱着我，终于号啕地哭成一堆。打锣的人戏剧性地欢愉地敲着急速的锣鼓。

爸爸疯也似的紧抱我，像要勒断我的脊骨。

那一天，那过火的一天，我们快乐地流泪走回家。

到黑肚大溪，爸爸叫我独自涉水。

猛然间，我感到自己长大了。

童年过火的记忆像烙印一般影响了我整个生命的途程，日后我遇到人生的许多事都像过火一样，在启步之初，我们永远不知道能否安全抵达火毡的那一端，我们当然不敢相信有火神，我们会害怕、会无所适从、会畏惧受伤，但是人生的火一定要过、情感的火要过、欢乐与悲伤的火要过，沉定与激情的火要过，成功与失败的火要过。

我们不能退缩，因为我们要单独去过火，即使亲如父母，也有无能为力的时候。

在梦的远方

有时候回想起来,我母亲对我们的期待,并不像父亲那么明显而长远。小时候我的身体差、毛病多,母亲对我的期望大概只有一个,就是祈求我的健康。为了让我平安长大,母亲常背着我走很远的路去看医生,所以我童年时代对母亲留下的第一印象,就是趴在她的背上,去看医生。

我不只是身体差,还常常发生意外,三岁的时候,我偷喝汽水,没想到汽水瓶里装的是"番仔油"(夜里点灯用的臭油),喝了一口顿时两眼翻白口吐白沫,昏死过去。母亲立即抱着我以跑一百公尺的速度到街上去找医生,那天是大年初二,医生全休假去了,母亲急得满眼泪,却毫无办法。

"好不容易在最后一家医生馆找到医生,他打了两个生鸡蛋给你吞下去,又有了呼吸,眼睛也张开了,直到你张开眼睛,我也在医院昏过去了。"母亲一直到现在,每次提到我喝番仔油,还心有余悸,好像捡回一个儿子。听说那一天她为了抱我看医生,跑了将近十公里。

四岁那一年,我从桌子上跳下时跌倒,撞到母亲的缝纫机铁脚,后脑壳整个撞裂了,母亲正在厨房里煮饭。我自己挣扎站起来叫母亲,母亲从厨房跑出来。

"那时,你从头到脚,全身是血,我看到第一眼,浮起心头的一个念头是:这个囡仔无救了。幸好你爸爸在家,坐他的脚踏车去医院,我抱你坐在后座,一手捏住脖子上的血管,到医院时我也全身是血,立即推进手术房,推出来时你叫了一声妈妈,呀!呀!我的囡仔活了,我的囡仔回来了……我那时才感谢得流下泪来。"母亲说这段时,喜欢把我的头发撩起,看我的耳后,那里有一道二十公分长的疤痕,像蜈蚣盘踞着,听说我摔了那一次,聪明了不少。

由于我体弱,母亲只要听到有什么补药或草药吃了可以使孩子的身体好,就会不远千里去求药方,抓药来给我补身体,可能是补得太厉害,我六岁的时候竟得了疝气,时常痛得在地上打滚,哭得死去活来。

"那一阵子,只要听说哪里有先生、有好药,都要跑去看,足足看了两年,什么医生都看过,什么药都吃了,就是好不了。有一天有一个你爸爸的朋友来,说开刀可以治疝气,虽然我们对西医没信心,还是送去开刀了,开一刀,一个星期就好了。早知道这样,两年前送你去开刀,不必吃那么多苦。"母亲说吃那么多苦,当然是指我而言,因为她们那时代的妈妈,是从来不会想到自己的苦。

过了一年,我的大弟得小儿麻痹,一星期就过世了,这对母亲是个严重的打击,由于我和大弟年龄最近,她差不多把所有的爱都转到我身上,对我的照顾可以说是无微不至,并且在那几年,对我特别溺爱。

例如,那时候家里穷,吃鸡蛋不像现在的小孩可以吃一个,而是一个鸡蛋要切成"四洲"(就是四片)。母亲切白煮鸡蛋有特别方法,她不用刀子,而是用车衣服的白棉线,往往可以切到四片同样大,然后像宝贝一样分给我们,每次吃鸡蛋,她常背地里多给我一片。有时候很不容易吃苹果,一个苹果切十二片,她也会给我两片。如果有斩鸡,她总会留一碗鸡汤给我。

可能是母亲的照顾周到,我的身体竟奇迹似的好起来,变得非常健康,常常两三年都不生病,功课也变得十分好,很少读到第二名。我母亲常说:"你小时候读了第二名,自己就跑到香蕉园躲起来哭,要哭到天黑才回家,真是死脑筋,第二名不是很好了吗?"

但身体好、功课好,母亲并不是就没有烦恼,那时我个性古怪,很少和别的小朋友玩在一起,都是自己一个人玩,有时自己玩一整天,自言自语,即使是玩杀刀,也时常一人扮两角,一正一邪互相对打,而且

常不小心让匪徒打败了警察,然后自己蹲在田岸上哭。幸好那时候心理医生没现在发达,否则我一定早被送去了。

"那时庄稼囡仔很少像你这样独来独往的,满脑子不知在想什么,有一次我看你坐在田岸上发呆,我就坐在后面看你,那样看了一下午,后来我忍不住流泪,心想:这个孤怪囡仔,长大以后不知要给我们变出什么出头,就是这个念头也让我伤心不已。后来天黑,你从外面回来,我问你:'你一个人坐在田岸上想什么?'你说:'我在等煮饭花开,等到花开我就回来了。'这真奇怪,我养一手孩子,从来没有一个坐着等花开的。"母亲回忆着我童年的一个片段,煮饭花就是紫茉莉,总是在黄昏时盛开,我第一次听到它是黄昏开时不相信,就坐一下午等它开。

不过,母亲的担心没有太久,因为不久有一个江湖术士到我们镇上,母亲先拿大弟的八字给他排,他一排完就说:"这个孩子已经不在世上了,可惜是个大富大贵的命,如果给一个有权势的人做儿子,就不会夭折了。"母亲听了大为佩服,就拿我的八字去算,算命的说:"这孩子小时候有点怪,不过,长大会做官,至少做到省议员。"母亲听了大为安心,当时在乡下做个省议员是很了不起的事,从此她对我的古怪不再介意,遇到有人对她说我个性怪异,她总是说:"小时候怪一点没什么要紧。"

偏偏在这个时候,我恢复正常,小学五六年级我交了好多好多朋友,每天和朋友混在一起,玩一般孩子的游戏,母亲反而担心:"唉呀!这个孩子做官无望了。"

我十五岁就离家到外地读书了,母亲因为会晕车,很少到我住的学校看我,我们见面的机会就少了,她常说:"出去好像丢掉,回来像是捡到。"但每次我回家,她总是唯恐我在外地受苦,拼命给我吃,然后在我的背包塞满东西。我有一次回到学校,打开背包,发现里面有我们家种的香蕉、枣子；一罐奶粉、一包人参、一袋肉松；一包她炒的面茶、一串她绑的粽子，以及一罐她亲手腌渍的凤梨竹笋豆瓣酱……还有一些已经忘了。那时觉得东西多到可以开杂货店。

那时我住在学校，每次回家返回宿舍，和我住一起的同学都说是小过年，因为母亲给我准备的东西，我一个人根本吃不完。一直到现在，我母亲还是这样，我一回家，她就把什么东西都塞进我的包包，就好像台北闹饥荒，什么都买不到一样。有一次我回到台北，发现包包特别重，打开一看，原来母亲在里面放了八罐汽水。我打电话给她，问她放那么多汽水做什么，她说："我要给你们在飞机上喝呀！"

高中毕业后，我离家愈来愈远，每次回家要出来搭车，母亲一定放下手边的工作，陪我去搭车，抢着帮我付车钱，仿佛我还是个三岁的孩子。车子要开的时候，母亲都会倚在车站的栏杆向我挥手，那时我总会看见她眼中有泪光，看了令人心碎。

要写我的母亲是写不完的，我们家五个兄弟姊妹，只有大哥侍奉母亲，其他的都高飞远扬了，但一想到母亲，好像她就站在我们身边。

这一世我觉得没有白来，因为会见了母亲，我如今想起母亲的种种因缘，也想到小时候她说的一个故事：

有两个朋友，一个叫阿呆，一个叫阿土，他们一起去旅行。

有一天来到海边，看到海中有一个岛，他们一起看着那座岛，因疲累而睡着了。夜里阿土做了一个梦，梦见对岸的岛上住了一位大富翁，在富翁的院子里有一株白茶花，白茶花树根下有一坛黄金，然后阿土的梦就醒了。

第二天，阿土把梦告诉阿呆，说完后叹一口气说："可惜只是个梦！"

阿呆听了信以为真，说："可不可以把你的梦卖给我？"阿土高兴极了，就把梦的权利卖给阿呆。

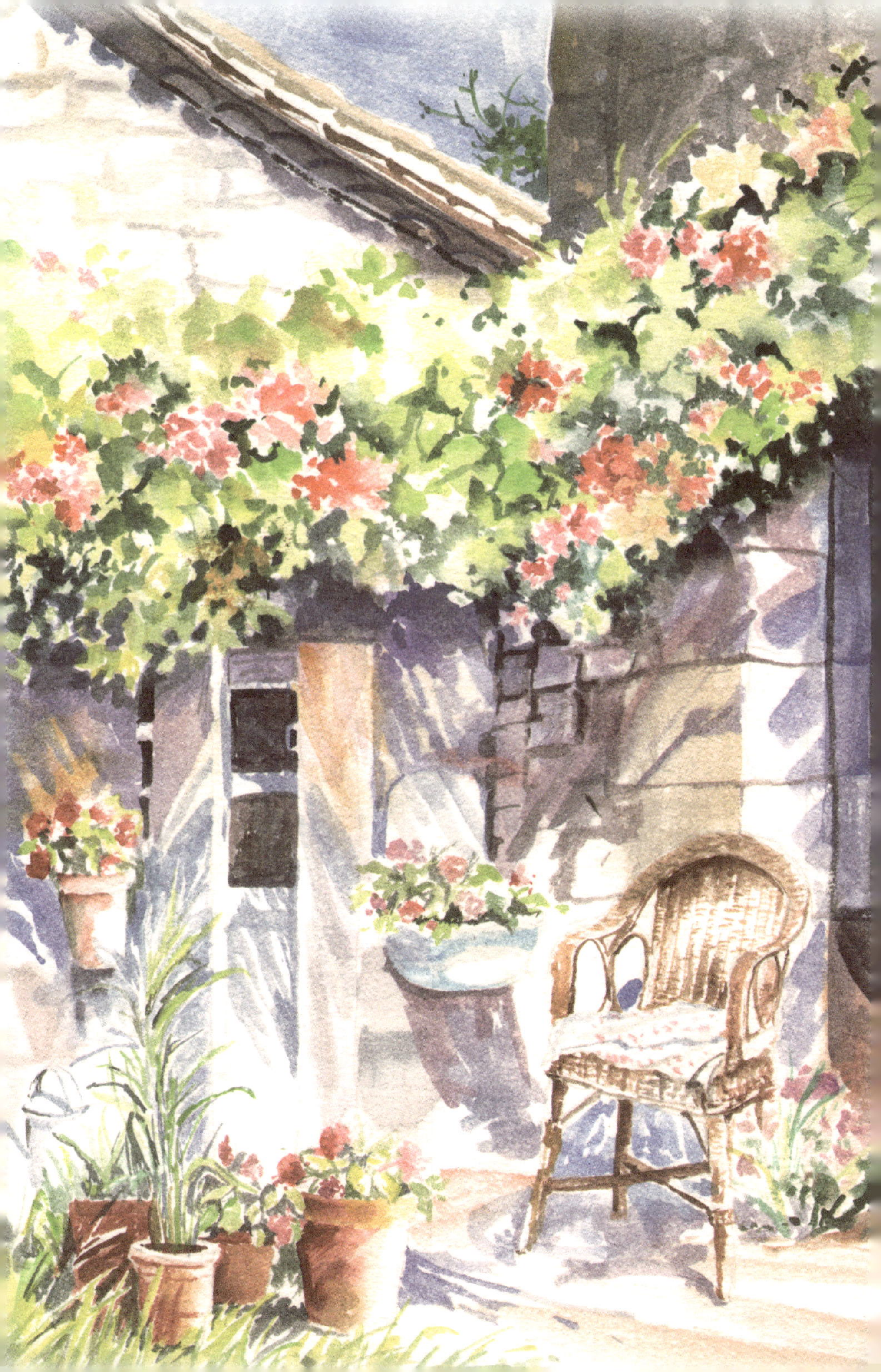

阿呆买到梦以后就往那个岛出发，阿土卖了梦就回家了。

到了岛上，阿呆发现果然住了一个大富翁，富翁的院子里果然种了许多茶树，他高兴极了，就留下做富翁的佣人，做了一年，只为了等待院子的茶花开。

第二年春天，茶花开了，可惜，所有的茶花都是红色，没有一株是白茶花。阿呆就在富翁家住了下来，等待一年又一年，许多年过去了，有一年春天，院子终于开出一棵白茶花。阿呆在白茶花树根掘下去，果然掘出一坛黄金，第二天他辞工回到故乡，成为故乡最富有的人。

卖了梦的阿土还是个穷光蛋。

这是一个日本童话，母亲常说："有很多梦是遥不可及的，但只要坚持，就可能实现。"她自己是个保守传统的乡村妇女，和一般乡村妇女没有两样，不过她鼓励我们要有梦想，并且懂得坚持，光是这一点，使我后来成为作家。

作家可能没有作官好，但对母亲是个全新的经验，成为作家的母亲，她在对乡人谈起我时，为我小时候的多灾多难、古灵精怪全找到了答案。

白雪少年

我小学时代使用的一本汉语字典,被母亲细心地保存了十几年,最近才从母亲的红木书柜里找到。那本字典被小时候粗心的手指扯掉了许多页,大概是拿去折纸船或飞机了,现在怎么回想都记不起来,由于有那样的残缺,更使我感觉到一种任性的温暖。

更惊奇的发现是,在翻阅这本字典时,找到一张已经变了颜色的"白雪公主泡泡糖"的包装纸,那是一张长条的鲜黄色纸,上面用细线印了一个白雪公主的面相,于今看起来,公主的图样已经有一点粗糙简陋了。至于如何会将白雪公主泡泡糖的包装纸夹在字典里,更是无从回忆。

到底是在上语文课时偷偷吃泡泡糖夹进去的?是夜晚在家里温书吃泡泡糖夹进去的?还是有意地保存了这张包装纸呢?翻遍汉语字典也找不到答案。记忆仿佛自时空遁去,渺无痕迹了。

唯一记得的倒是那一种旧时乡间十分流行的泡泡糖,是粉红色长方形十分粗大的一块，一块五毛钱。对于长在乡间的小孩子，那时的五毛钱非常昂贵，是两天的零用钱，常常要咬紧牙根才买来一块，一嚼就是一整天，吃饭的时候把它吐在玻璃纸上包起，等吃过饭再放到口里嚼。

父亲看到我们那么不舍得一块泡泡糖，常生气地说："那泡泡糖是用脚踏车坏掉的轮胎做成的，还嚼得那么带劲！"记得我还傻气地问过父亲："是用脚踏车轮做的？怪不得那么贵！"惹得全家人笑得喷饭。

说是"白雪公主泡泡糖"，应该是可以吹出很大气泡的，却不尽然。吃那泡泡糖多少靠运气，记得能吹出气泡的大概五块里才有一块，许多是硬到吹弹不动，更多的是嚼起来不能结成固体，弄得一嘴糖沫，赶紧吐掉，坐着伤心半天。我手里的这一张可能是一块能吹出大气泡的包装纸，否则怎么会小心翼翼地夹做纪念呢？

我小时候并不是很乖巧的那种孩子，常常为着要不到两毛钱的零用就赖在地上打滚，然后一边打滚一边偷看母亲的脸色，直到母亲被我搞烦了，拿到零用钱，我才欢天喜地地跑到街上去，或者就这样跑去买了一个白雪公主，然后就嚼到天黑。

长大以后，再也没有在店里看过"白雪公主泡泡糖"，都是细致而包装精美的一片一片的"口香糖"；每一片都能嚼成形，每一片都能吹出气泡，反而没有像幼年一样能体会到买泡泡糖靠运气的心情。偶尔看到口香糖，还会想起童年，想起嚼白雪公主的滋味，但也总是一闪即逝，了无踪迹。直到看到汉语字典中的包装纸，才坐下来顶认真地想起白雪公主泡泡糖的种种。

如果现在还有那样的工厂，恐怕不再是用脚踏车轮制造，可能是用飞机轮子了——我这样游戏地想着。

那一本母亲珍藏十几年的汉语字典，薄薄的一本，里面缺页的缺页、涂抹的涂抹，对我已经毫无用处，只剩下纪念的价值。那一张泡泡糖的包装纸，整整齐齐，毫无毁损，却宝藏了一段十分快乐的记忆；使我想起真如白雪一样无瑕的少年岁月，因为它那样白那样纯净，几乎所有的事物都可以涵容。

那些岁月虽在我们的流年中消逝，但藉着非常非常微小的事物，往往一勾就是一大片，仿佛是草原里的小红花，先是看到了那朵红花，然后发现了一整片大草原，红花可能凋落，而草原却成为一个大的背景，我们就在那背景成长起来。

那朵红花不只是白雪公主泡泡糖，可能是深夜里巷底按摩人幽长的笛声，可能是收破铜烂铁老人沙哑的叫声，也可能是夏天里卖冰淇淋小贩的喇叭声……有一回我重读小学时看过的《少年维特的烦恼》，书里就曾夹着用歪扭字体写成的纸片，只有七个字："多么可怜的维特！"其实当时我哪里知道歌德，只是那七个字，让我童年伏案的身影整个显露出来，那身影可能和维特是一样纯情的。

有时候我不免后悔童年留下的资料太少，常想："早知道，我不会把所有的笔记簿都卖给收破烂的老人。"可是如果早知道，我就不是纯净如白雪的少年，而是一个多虑的少年了。那么丰富的资料原也不宜留录下来，只宜在记忆里沉潜，在雪泥中找到鸿爪，或者从鸿爪体会那一片雪。

这样想时，我就特别感恩着母亲。因为在我无知的岁月里，她比我更珍视我所拥有过的童年，在她的照相簿里，甚至还有我穿开裆裤的照片。那时的我，只有父母有记忆，对我是完全茫然了，就像我虽拥有白雪公主泡泡糖的包装纸，那块糖已完全消失，只留下一点甜意——那甜意竟也有赖母亲爱的保存。

红心番薯

看我吃完两个红心番薯,父亲才放心地起身离去,走的时候还落寞地说:为什么不找个有土地的房子呢?

这次父亲北来,是因为家里的红心番薯收成,特地背了一袋给我,还挑选几个格外好的,希望我种在庭前的院子。他万万没有想到,我早已从郊外的平房搬到城中的大厦,根本是容不下绿色的地方,甚至长不出一株狗尾草,不要说番薯了。

到车站接了父亲回到家里,我无法形容父亲的表情有多么近乎无望。他在屋内转了三圈,才放下提着的麻袋,愤愤地说:"伊娘咧!你竟住在无土的所在!"一个人住在脚踏不到泥土的地方,父亲竟不能忍受,也是我看到他的表情才知道的。然后他的愤愤转成喃喃:"你住在这种上不着天下不落地的所在,我带来的番薯要种在哪里?要种在哪里?"

父亲对番薯的感情,也是这两年我才深切知道的。

那是有一次我站在旧家前,看着河堤延伸过来的苇芒花,在微凉秋风中摇动着，那些遍地蔓生的苇芒长得有一人高，我看到较近的苇芒摇动得特别厉害，凝神注视，才突然看到父亲走在那一片苇芒里，我大吃一惊。原来父亲的头发和秋天灰白的苇芒花是同一个颜色，他在遍生苇芒的野地里走了几百公尺，我竟未能看见。

那时我站在家前的番薯田里，父亲来到我的面前，微笑地问："在看番薯吗？你看长得像羊头一样大了哩！"说着，他蹲下来很细心地拨开泥土，捧出一个精壮圆实的番薯来，以一种赞叹的神情注视着番薯。我带着未能在苇芒花中看见父亲身影的愧疚心情，与他面对面蹲着。父亲突然像儿童天真欢愉地叹了一口气，很自得地说："你看，恐怕没有人番薯种得比我好了。"然后他小心翼翼把那个番薯埋入土中，动作像在收藏一件艺术品，神情庄重而带着收获的欢愉。

父亲的神情使我想起幼年有关于番薯的一些记忆。有一次我和几位内地的小孩子吵架，他们一直骂着："番薯呀！番薯呀！"我们就回骂："老芋呀！老芋呀！"

对这两个名词我是疑惑的，回家询问了父亲。那天他喝了几杯老酒，神情至为愉快，他打开一张老旧的地图，指着台湾的那一部分说："台湾的样子真是像极了红心的番薯，你们是这番薯的子弟呀！"而无知的我便指着北方广大的内地说："那，这大陆的形状就是一个大的芋头了，所以内地人是芋仔的子弟？"父亲大笑起来，抚着我的头说："憨囝仔，我们也是内地来的，只是来得比较早而已。"

然后他用一支红笔，从我们遥远的北方故乡有力地画下来，牵连到我们所居的台湾南部。那是第一次在十烛光的灯泡下，我认识到，芋头与番薯原来是极其相似的植物，并不是我们想象中那么判然有别的。也第一次知道，原来在东北会落雪的故乡，也遍生着红心的番薯！

我更早的记忆，是从我会吃饭开始的。家里每次收成番薯，总是保留一部分填置在木板的眠床底下。我们的每餐饭中一定煮了三分之一的番薯，早晨的稀饭里也放了番薯签，有时吃腻了，我就抱怨起来。

听完我的抱怨，父亲就激动地说起他少年的往事。他们那时为了躲警报，常常在防空壕里一窝就是一整天。所以祖母每每把番薯煮好放着，一旦警报声响，父亲的九个兄弟姊妹就每人抱两三个番薯直奔防空壕，一边啃番薯，一边听飞机和炮弹在四处交响。他的结论常常是："那时候有番薯吃，已经是天大的幸福了。"他一说完这个故事，我们只好默然把番薯扒到嘴里去。

父亲的番薯训诫并不是寻常都如此严肃，偶尔也会说起战前在日本人的小学堂中放屁的事。由于吃多了番薯，屁有时是忍耐不住的，当时吃番薯又是一般家庭所不能免，父亲形容说："因此一进了教室往往是战云密布，不时传来屁声。"而他说放屁是会传染的，常常一呼百诺，万众皆响。有一回屁得太厉害，全班被日本老师罚跪在窗前，即使跪着，屁声仍然不断。父亲顽笑地说："经过跪的姿势，屁声好像更响了。"他说这些的时候，我们通常就吃番薯吃得比较甘心，放起屁来也不以为忤了。

然后是一阵战乱，父亲到南洋打了几年仗，在丛林之中，时常从睡梦中把他唤醒，时常让他在思乡时候落泪的，不是别的珍宝，只是普普通通的红心番薯。它烤炙过的香味，穿过数年的烽火，在万金家书也不能抵达的南洋，温暖了一位年轻战士的心，并呼唤他平安地回到家乡。他有时想到番薯的香味，一张像极番薯形状的台湾地图就清楚地浮现，思绪接着往南方移动，再来的图像便是温暖的家园，还有宽广无边结满黄金稻穗的大平原……

战后返回家乡，父亲的第一件事便是在家前家后种满了番薯，日后遂成为我们家的传统。家前种的是白瓢番薯，粗大壮实，可以长到十斤以上一个；屋后一小片园地是红心番薯，一串一串的果实，细小而甜美。白瓢番薯是为了预防战争逃难而准备的，红心番薯则是父亲南洋梦里的乡思。

每年父亲从南洋归来的纪念日，夜里的一餐我们通常不吃饭，只吃红心番薯，听着父亲诉说战争的种种，那是我农夫父亲的忧患意识。他总是记得饥饿的年代番薯是可以饱腹的，如今回想起来，一家人围着小灯食薯，那种景况我在梵谷的名画《食薯者》中几乎看见。在沉默中，是庄严而肃穆的。

在这个近百年来中国最富裕的此时此地，父亲的忧患想来恍若一个神话。大部分人永远不知有枪声，只有极少数经过战争的人，在他们的心底有一段番薯的岁月，那岁月里永远有枪声时起时落。

由于有那样的童年，日后我在各地旅行的时候，便格外留心番薯的踪迹。我发现在我们所居的这张番薯形状的地图上，从最北角到最南端，从山坡上干瘠的石头地到河岸边肥沃的沙埔，番薯都能够坚强地、不经由任何肥料与农药而向四方生长，并结出丰硕的果实。

有一次，我在澎湖人迹已经迁徙的无人岛上，看到人所耕种的植物都被野草吞灭了，只有遍生的番薯还和野草争着方寸，在无情的海风烈日下开出一片淡红的晨曦颜色的花，而且在最深的土里，各自紧紧握着拳头。那时我知道在人所种植的作物之中，番薯是最强悍的。

这样想着，幼年家前家后的番薯花突然在脑中闪现，番薯花的形状和颜色都像牵牛花，唯一不同的是，牵牛花不论在篱笆上，在阴湿的沟边，都是抬头挺胸，仿佛要探知人世的风景；番薯花则通常是卑微地依着土地，好像在嗅着泥土的芳香。在夕阳将下之际，牵牛花开始萎落，而那时的番薯花却开得正美，淡红夕云一样的色泽，染满了整片土地。

正如父亲常说，世界上没有一种植物比得上番薯，它从头到脚都有用，连花也是美的。现在连台北最干净的菜场也卖有番薯叶子的青菜，价钱还颇不便宜。有谁想到这在乡间是最卑贱的菜，是逃难的时候才吃的？

在我居住的地方，巷口本来有一位卖糖番薯的老人，一个滚圆的大铁锅,挂满了糖渍过的番薯,开锅的时候,一缕扑鼻的香味由四面扬散出来,那些番薯是去皮的、长得很细小,却总像记录着什么心底的珍藏。有时候我向老人买一个番薯,散步回来时一边吃着,那蜜一样的滋味进了腹中,却有一点酸苦,因为老人的脸总使我想起在烽烟奔走过的风霜。

老人是离乱中幸存的老兵,家乡在山东偏远的小县城。有一回我们为了地瓜问题争辩起来,老人坚持台湾的红心番薯如何也比不上他家乡的红瓤地瓜,他的理由是:"台湾多雨水,地瓜哪有俺的家乡甜?俺家乡的地瓜真是甜得像蜜的!"老人说话的神情好像当时他已回到家乡,站在地瓜田里。看着他的神情,使我想起父亲和他的南洋,他在烽火中的梦,我乃真正知道,番薯虽然卑微,它却连结着乡愁的土地,永远在乡思的天地里吐露新芽。

父亲送我的红心番薯过了许久,有些要发芽的样子,我突然想起在巷口卖糖番薯的老人,便提去巷口送他,没想到老人改行卖牛肉面了,我说:"你为什么不卖地瓜呢?"老人愕然地说:"唉!这年头,人连米饭都不肯吃了,谁来买俺的地瓜呢?"我无奈地提番薯回家,把番薯袋子丢在地上,一个番薯从袋口跳出来,破了,露出其中的鲜红血肉。这些无知的番薯,为何经过卅年,心还是红的!不肯改一点颜色?

老人和父亲生长在不同背景的同一个年代,他们在颠沛流离的大时代里,只是渺小而微不足道的人,可能只有那破了皮的红心番薯才能记录他们心里的颜色;那颜色如清晨的番薯花,在晨曦掩映的云彩中,曾经欣欣地茂盛过,曾经以卑微的球根累累互相拥抱、互相温暖,他们之所以能卑微地活过人世的烽火,是因为在心底的深处有着故乡的骄傲。

站在阳台上,我看到父亲去年给我的红心番薯,我任意种在花盆中,放在阳台的花架上,如今,它的绿叶已经长到磨石子地上,甚至有的伸出阳台的栏杆,仿佛在找寻什么。每一丛红心番薯的小叶下都长出根的触须，在石地板久了，有点萎缩而干枯了。那小小的红心番薯竟是在找寻它熟悉的土地吧！因为土地，我想起父亲在田中耕种的背影，那背影的远处，是他从芦苇丛中远远走来，到很近的地方，花白的发，冒出了苇芒。为什么番薯的心还红着，父亲的发竟白了。

在我十岁那年，父亲首次带我到都市来，我们行经一片被拆除公寓的工地，工地堆满了砖块和沙石，父亲在堆置的砖块缝中，一眼就辨认出几片番薯叶子，我们循着叶子的茎络，终于找到一株几乎被完全掩埋的根，父亲说："你看看这番薯，根上只要有土，它就可以长出来。"然后他没有再说什么，执起我的手，走路去饭店参加堂哥隆重的婚礼。如今我细想起来，那一株被埋在建筑工地的番薯，是有着逃难的身世，由于它的脚在泥土上，苦难也无法掩埋它，比起这些种在花盆中的番薯，它有着另外的命运和不同的幸福，就像我们远离了百年的战乱，住在看起来隐秘而安全的大楼里，却有了失去泥土的悲哀——伊娘咧！你竟住在无土的所在。

星空夜静，我站在阳台上仔细端凝盆中的红心番薯，发现它吸收了夜的露水，在细瘦的叶片上，片片冒出了水珠，每一片叶都沉默地小心地呼吸着。那时，我几乎听到了一个有泥土的大时代，上一代人的狂歌与低吟都埋在那小小的花盆，只有静夜的敏感才能听见。

期待父亲的笑

父亲躺在医院的加护病房里,还殷殷地叮嘱母亲不要通知远地的我,因为他怕我在台北工作担心他的病情。还是母亲偷偷叫弟弟来通知我,我才知道父亲住院的消息。

这是典型的父亲的个性,他是不论什么事总是先为我们着想,至于他自己,倒是很少注意。我记得在很小的时候,有一次父亲到凤山去开会,开完会他到市场去吃了一碗肉羹,觉得是很少吃到的美味,他马上想到我们,先到市场去买了一个新锅,买一大锅肉羹回家。当时的交通不发达,车子颠簸得厉害,回到家时肉羹已冷,且溢出了许多,我们吃的时候已经没有父亲所形容的那种美味。可是我吃肉羹时心血沸腾,特别感到那肉羹是人生难得,因为那里面有父亲的爱。

在外人的眼中,我的父亲是粗犷豪放的汉子,只有我们做子女的知道他心里极为细腻的一面。提肉羹回家只是一端,他不管到什么地方,有好的东西一定带回给我们,所以我童年时代,父亲每次出差回来,总是我们最高兴的时候。

他对母亲也非常的体贴，在记忆里，父亲总是每天清早就到市场去买菜，在家用方面也从不让母亲操心。这三十年来我们家都是由父亲上菜场，一个受过日式教育的男人，能够这样内外兼顾是很少见的。

父亲的青壮年时代虽然受过不少打击和挫折，但我从来没有看过父亲忧愁的样子。他是一个永远向前的乐观主义者，再坏的环境也不皱一下眉头，这一点深深地影响了我，我的乐观与韧性大部分得自父亲的身教。父亲也是个理想主义者，这种理想主义表现在他对生活与生命的尽力，他常说："事情总有成功和失败两面，但我们总是要往成功的那个方向走。"

由于他的乐观和理想主义，使他成为一个温暖如火的人，只要有他在就没有不能解决的事，就使我们对未来充满了希望。他也是个风趣的人，再坏的情况下，他也喜欢说笑，他从来不把痛苦给人，只为别人带来笑声。

小时候，父亲常带我和哥哥到田里工作，透过这些工作，启发了我们的智慧。例如我们家种竹笋，在我没有上学之前，父亲就曾仔细地教我怎么去挖竹笋，怎么看土地的裂痕，才能挖到没有出青的竹笋。二十年后我到竹山去采访笋农，曾在竹笋田里表演了一手，使得笋农大为佩服。其实我已二十年没有挖过笋，却还记得父亲教给我的方法，可见父亲的教育对我影响多么大。

由于是农夫，父亲从小教我们农夫的本事，并且认为什么事都应从农夫的观点出发。像我后来从事写作，刚开始的时候，父亲就常说："写作也像耕田一样，只要你天天下田，就没有不收成的。"他也常叫我不要写政治文章，他说："不是政治性格的人去写政治文章，就像种稻子的人去种槟榔一样，不但种不好，而且常会从槟榔树上摔下来。"他常教我多写些于人有益的文章，少批评骂人，他说："对人有益的文

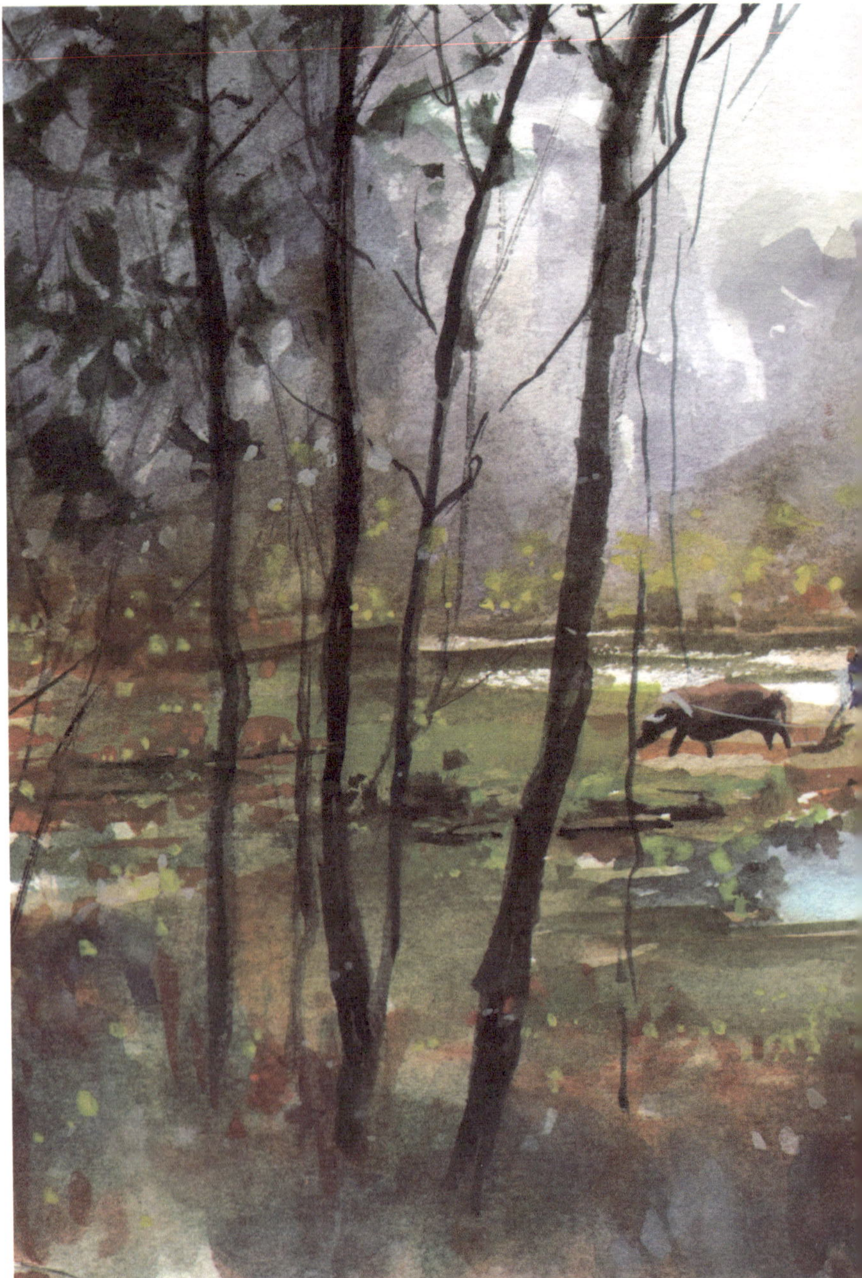

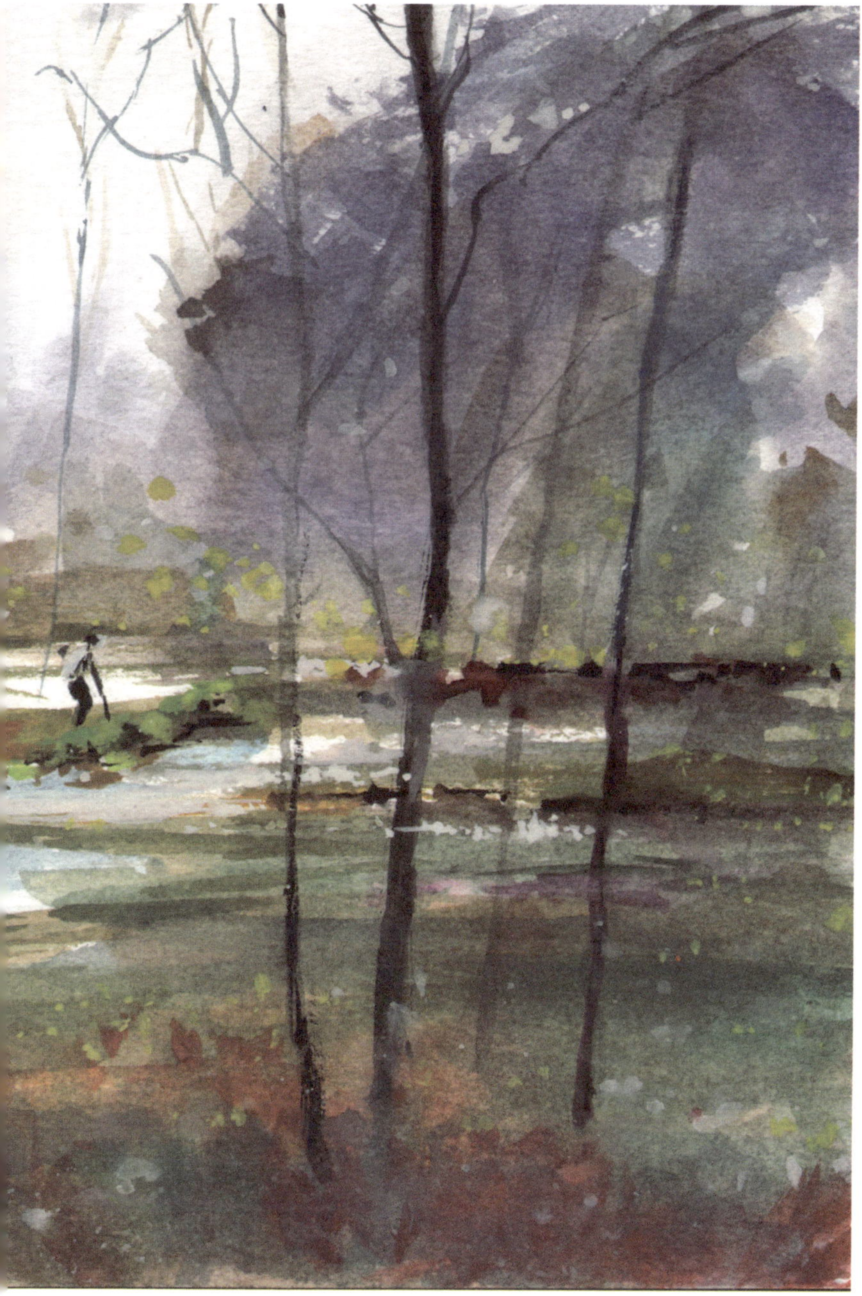

章是灌溉施肥，批评的文章是放火烧山；灌溉施肥是人可以控制的，放火烧山则常常失去控制，伤害生灵而不自知。"他叫我做创作者，不要做理论家，他说："创作者是农夫，理论家是农会的人。农夫只管耕耘，农会的人则为了理论常会牺牲农夫的利益。"

父亲的话中含有至理，但他生平并没有写过一篇文章。他是用农夫的观点来看文章，每次都是一语中的，意味深长。

有一回我面临了创作上的瓶颈，回乡去休息，并且把我的苦恼说给父亲听。他笑着说："你的苦恼也是我的苦恼，今年香蕉收成很差，我正在想明年还要不要种香蕉，你看，我是种好呢？还是不种好？"我说："你种了四十多年的香蕉，当然还要继续种呀！"

他说："你写了这么多年，为什么不继续呢？年景不会永远坏的。""假如每个人写文章写不出来就不写了，那么，天下还有大作家吗？"

我自以为在写作上十分用功，主要是因为我生长在世代务农的家庭。我常想：世上没有不辛劳的农人，我是在农家长大的，为什么不能像农人那么辛劳？最好当然是像父亲一样，能终日辛劳，还能利他无我，这是我写了十几年文章时常反躬自省的。

母亲常说父亲是劳碌命，平日总闲不下来，一直到这几年身体差了还时常往外跑，不肯待在家里好好地休息。父亲最热心于乡里的事，每回拜拜他总是拿头旗、做炉主，现在还是家乡清云寺的主任委员。他是那一种有福不肯独享、有难愿意同当的人。

他年轻时身强体壮，力大无穷，每天挑两百斤的香蕉来回几十趟还轻松自在。我最记得他的脚大得像船一样，两手摊开时像两个扇面。一直到我上初中的时候，他一手把我提起还像提一只小鸡，可是也是这样棒的身体害了他，他饮酒总不知节制，每次喝酒一定把桌底都摆满酒瓶才肯下桌，喝一打啤酒对他来说是小事一桩，就这样把他的身体喝垮了。

在六十岁以前，父亲从未进过医院，这三年来却数度住院，虽然个性还是一样乐观，身体却不像从前硬朗了。这几年来如果说我有什么事放心不下，那就是操心父亲的健康，看到父亲一天天消瘦下去，真是令人心痛难言。

父亲有五个孩子，这里面我和父亲相处的时间最少，原因是我离家最早，工作最远。我十五岁就离开家乡到台南求学，后来到了台北，工作也在台北，每年回家的次数非常有限。近几年结婚生子，工作更加忙碌，一年更难得回家两趟，有时颇为自己不能孝养父亲感到无限愧疚。父亲很知道我的想法，有一次他说："你在外面只要向上，做个有益社会的人，就算是有孝了。"

母亲和父亲一样，从来不要求我们什么，她是典型的农村妇女，一切荣耀归给丈夫，一切奉献都给子女，比起他们的伟大，我常觉得自己的渺小。

我后来从事报道文学，在各地的乡下人物里，常找到父亲和母亲的影子，他们是那样平凡、那样坚强、又那样的伟大。我后来的写作里时常引用村野百姓的话，很少引用博士学者的宏论，因为他们是用生命和生活来体验智慧，从他们身上，我看到了最伟大的情操，以及文章里最动人的质素。

我常说我是最幸福的人，这种幸福是因为我童年时代有好的双亲和家庭，我青少年时代有感情很好的兄弟姊妹；进入中年，有了好的妻子和好的朋友。我对自己的成长总抱着感恩之心，当然这里面最重要的基础是来自于我的父亲和母亲，他们给了我一个乐观、关怀、良善、进取的人生观。

我能给他们的实在太少了，这也是我常深自忏悔的。有一次我读到《佛说父母恩重难报经》，佛陀这样说：

假使有人，为于爹娘，手持利刀，割其眼睛，献于如来，经百千劫，犹不能报父母深恩。

假使有人，为于爹娘，亦以利刀，割其心肝，血流遍地，不辞痛苦，经百千劫，犹不能报父母深恩。

假使有人，为于爹娘，百千刀戟，一时刺身，于自身中，左右出入，经百千劫，犹不能报父母深恩……

读到这里，不禁心如刀割，涕泣如雨。这一次回去看父亲的病，想到这本经书，在病床边强忍着要落下的泪，这些年来我是多么不孝，陪伴父亲的时间竟是这样的少。

母亲也是，有一位也在看护父亲的郑先生告诉我："要知道你父亲的病情，不必看你父亲就知道了，只要看你妈妈笑，就知道病情好转，看你妈妈流泪，就知道病情转坏，他们的感情真是好。"为了看顾父

亲，母亲在医院的走廊打地铺，几天几夜都没能睡个好觉。父亲生病以后，她甚至还没有走出医院大门一步，人瘦了一圈，一看到她的样子，我就心疼不已。

我每天每夜向菩萨祈求，保佑父亲的病早日康健，母亲能恢复以往的笑颜。

这个世界如果真有什么罪业，如果我的父亲有什么罪业，如果我的母亲有什么罪业，十方诸佛、各大菩萨，请把他们的罪业让我来承担吧，让我来背父母亲的业吧！

但愿，但愿，但愿父亲的病早日康复。以前我在田里工作的时候，看我不会农事，他会跑过来拍我的肩说："做农夫，要做第一流的农夫；想写文章，要写第一流的文章；要做人，要做第一等人。"然后觉得自己太严肃了，就说："如果要做流氓，也要做大尾的流氓呀！"然后父子两人相顾大笑，笑出了眼泪。

我多么怀念父亲那时的笑。

也期待再看父亲的笑。

花籽

三年前我退役,背着袋子要北上的时候,爸爸取出一罐小瓶子,里面是他亲手培养出来的花籽,他小心翼翼地交给我说:"你到台北后,如果有一个花园,就把它种了。"我便带着这个小瓶子和一袋故乡的泥土上台北。

我很想马上把它种了。

可是上台北后,一直过着租赁的日子,住在小小的公寓中,难得找到一撮土地,更不要说一个花园了。那罐父亲的花籽便无依地躺在我的袋中,随着我东飘西荡。每次搬家看见那些花籽,就想起每日清晨在花园中工作的父亲,什么时候才能找到一个花园呢?我总是想着。

最近,我找到一个有花园的房子,又因为工作忙碌,就把它摆在鞋柜子里,有一天,我拉开鞋柜看到那一罐花籽和那一袋泥土,就把它撒在家前的花园里。

那时候已经是严冬了,花籽又摆了三年,到底会不会活呢?我写信告诉爸爸，爸爸写了一封信来说："只要有土地，花籽就可以活。"他又附寄来一包肥料。

我每天照料着那一片撒了花籽的土地，浇水、施肥，在凛冽的寒风中，我总是担心着，也许它就会埋在土地里断丧了生机吧！

在冬天来临的第二个月有一天我开窗的时候，突然发现一群花籽吐了新芽，那些芽在浓郁的花园里，嫩绿到教我吃惊，是什么力量，让那一罐从南台湾带来的花籽，在北地的寒风中也能吐露亮丽的新芽呢？

花籽吐芽的那几日，我常兴奋地无法睡去，总惦念着那些脆弱的花芽，而那是什么样的花呢？我问爸爸，他说："等它开了花，你就知道了。"

那个小小花圃中的芽长得出乎意料的快，我几乎可以体知它成长的速度，每天清晨，我都发现它长大了，然后我便像每天面对一个谜题，猜想着那是什么花，猜想着父亲送我这些花是什么用意。我急于知道那个谜题，就更加体贴那些花。

慢慢地，花长大了，我才知道那是一些茼蒿菜，茼蒿菜是一种贱菜，在乡下，它最容易生长，价钱最便宜，而父亲竟把它像礼物一样送给我，那样的珍贵，也许父亲是要我不要忘记自己的土地吧！

我舍不得吃那一亩茼蒿，每天还是依时浇水看顾，茼蒿长大了，我从来没有看过那么好看的茼蒿，在市场上，茼蒿总是零乱的、萎缩的；在土地上茼蒿则是那么美丽而充满生机。

差不多一个月的时间，茼蒿就在严冷的冬天里开了花，那花，是鲜新的黄色，在绿色的枝梗上显得格外温暖，我想到，这么平凡的茼蒿花竟是从远地移种，几番波折，几番流转，但是它的生命深深地蕴藏着，一旦有了土地，它不但从瓶中醒转，还能在冷风中绽放美丽的花朵。

茼蒿花谢了，在花间又结出许多细小的黑色的花籽，它看起来那么小，却又是那么坚韧。我把它收藏在父亲当年赠我花籽的瓶中，并挖了一匐泥土——是家乡的泥土和客居的泥土混成的泥土。

或者有一天，我仍要带这花籽和这泥土到别地去流浪，或者有一天，这带自故乡根种的花籽，然后在异乡土地结成的花籽，会长在另外的土地上。

人也是一个平凡茼蒿的花籽，不管气候如何，不管哪里是落脚的地方，只要有生机沉埋心中，即使在陌生的土地上，它也会吐芽、开花，并且结出新的花籽。

我仍然把花籽放在鞋柜里，每日穿鞋时我就能看见它。

我就会想起我的父亲，和他耕作的故乡的土地。

阿火叔与财旺伯仔

十年没有上父亲的林场了,趁年假和妈妈、兄弟,带着孩子们上山。

车过六龟乡的新威农场,发现沿途的景观与从前不大相同了,道路宽敞,车子呼啸而过。想到从前有一次和哥哥坐在新威学校门口,看一小时才一班的客运车,喘着气登山而去,我对哥哥说:"长大以后,如果能当客运车司机就好了。"然后我们挽起裤管入山,沿山溪行走,要走一个小时才会到父亲开山时住的山寮。那时用竹草搭成的寮仔里,住着父亲,和他的三位至交阿火叔、成叔、财旺伯仔。

父亲当时还是多么年轻强壮,从南洋战后回来,和少年时的伙伴一起来开山。三十几年前的新威山上还是一片非常原始的林地,没有道路,渺无人居,水电那是更不用说。听父亲说起,刚开山的时候,路上蛇虫爬行,时常与石虎、山猪、猴子、山羌、穿山甲惊慌相对。在寒冷的冬夜睡醒,发现山寮里的地方全是盘旋避寒的蛇,有时要把蛇拨开,才能找到落脚的地方走出去。

　　彼时阵，我刚刚出世。父亲为了开山，有时整个月没有时间低下头来看我一眼，听母亲这样说。

　　母亲说："你爸爸为了开山，每天清晨从家里骑脚踏车到新威，光骑车就要两小时。然后步行到深林里去，有时候则整季住在山里。"

　　每到立秋，雨季来的时候，母亲在夜里常为远方的暴雨与雷声惊醒，不知道在山洪中与命运搏斗的父亲，是否能平安归来。

　　一直经过二十几年，父亲的四百多甲山林才大致开垦出来。产业道路可以通卡车了，电灯来了，电话线通了，桃花心木、南洋杉、刺竹林都可以收成了，父亲竟带着未完成的梦想离开了我们。

　　在新威的路上，妈妈告诉我，阿火叔在前年因肺气肿也过去了，成叔离开山林后不知去向，现在山里只剩财旺伯仔住着。听到这些事，使我因无常而感到哀伤，想到在三十几年前，几个刚步入壮年的朋友，一起挥别家人来开山的情景。

　　当我站在山里，对孩子说："我们刚刚走过的路都是阿公开出来的。现在你所看得到的山都是我们的，是阿公种好的。"孩子茫然地说："真的吗？真的吗？"对一个城市长大的孩子，真的很难以想象四百甲山林是多么巨大，无有边际。

　　小时候，我很喜欢到山里陪爸爸住，因为只有这样才有更多时间与父亲相处。在山中的父亲也显得特别温柔，他会带我们去溪涧游泳，去看他刚种的树苗，去认识山林里的动物和植物，甚至教我们使用平常不准触摸的番刀与猎枪。

　　我特别怀念的是与父亲、成叔、阿火叔、财旺伯仔一起穿着长长的雨鞋，到尚未开发的林地去巡山，检查土质山势风向，决定怎么样开发。父亲对森林那种专注的热情，常使我深深感动和向往，仿佛触及支持父亲梦想的那内在柔软的草原。我也怀念立秋雨季来的时候，我们坐在山寮的屋檐下看丰沛的雨水灌溉山林；夜里，把耳朵贴在木板床，听着滚滚隆隆的山洪从森林深处流过山脚；油灯旁边，父亲煮着决明子茶，芬芳的水汽在屋子里徘徊了一圈，才不舍地逸入窗外的雨景。

我对父亲有深刻的崇仰与敬爱，和他在森林开垦的壮志是不可分的。

那样美好的山林生活，一晃已经三十年了。当我看见财旺伯仔的时候，感觉那就像梦一样。财旺伯仔看见我们，兴奋地跑过来和我们拥抱。他的子孙也都离开山林，只有他和财旺伯母数十年地守着山寮，仍然每天挑着水桶走三公里到溪底挑水，白天去巡山，夜里倾听大溪的流声。

提到父亲、阿火叔的死，成叔的离山，他只是长长地叹一口气。他说："我现在也不喝酒了，没有酒伴唉！"

他带我们爬到山的高处，俯望着广大的山林，说："你爸爸生前就希望你们兄弟有人能到山里来住，这个希望不知道能不能实现呢！"然后，他指着刺竹林山坡说："阿玄仔，你看那里盖个寮仔也不错，只要十几万就可以盖得很美呀！"

在我成长的岁月里，有无数次曾立志回来经营父亲的森林，但是年纪愈长，那梦想的芽苗则隐藏得愈深了。随着岁月，我愈来愈能了解父亲少年时代的梦。其实，每个人都有过山林的梦想，只是很少很少人能去实践它。

我的梦想已经退居到对财旺伯仔说："如果能再回山来住几天就好了。"

离开财旺伯仔的山寮已是黄昏。他和伯母站在大溪旁送我们，直到车子开远，还听见他的声音："立秋前再来一趟呀！"

天色黯了，我回头望着安静的森林，感觉到林地的每一寸中，都有父亲那坚强高大的背影。

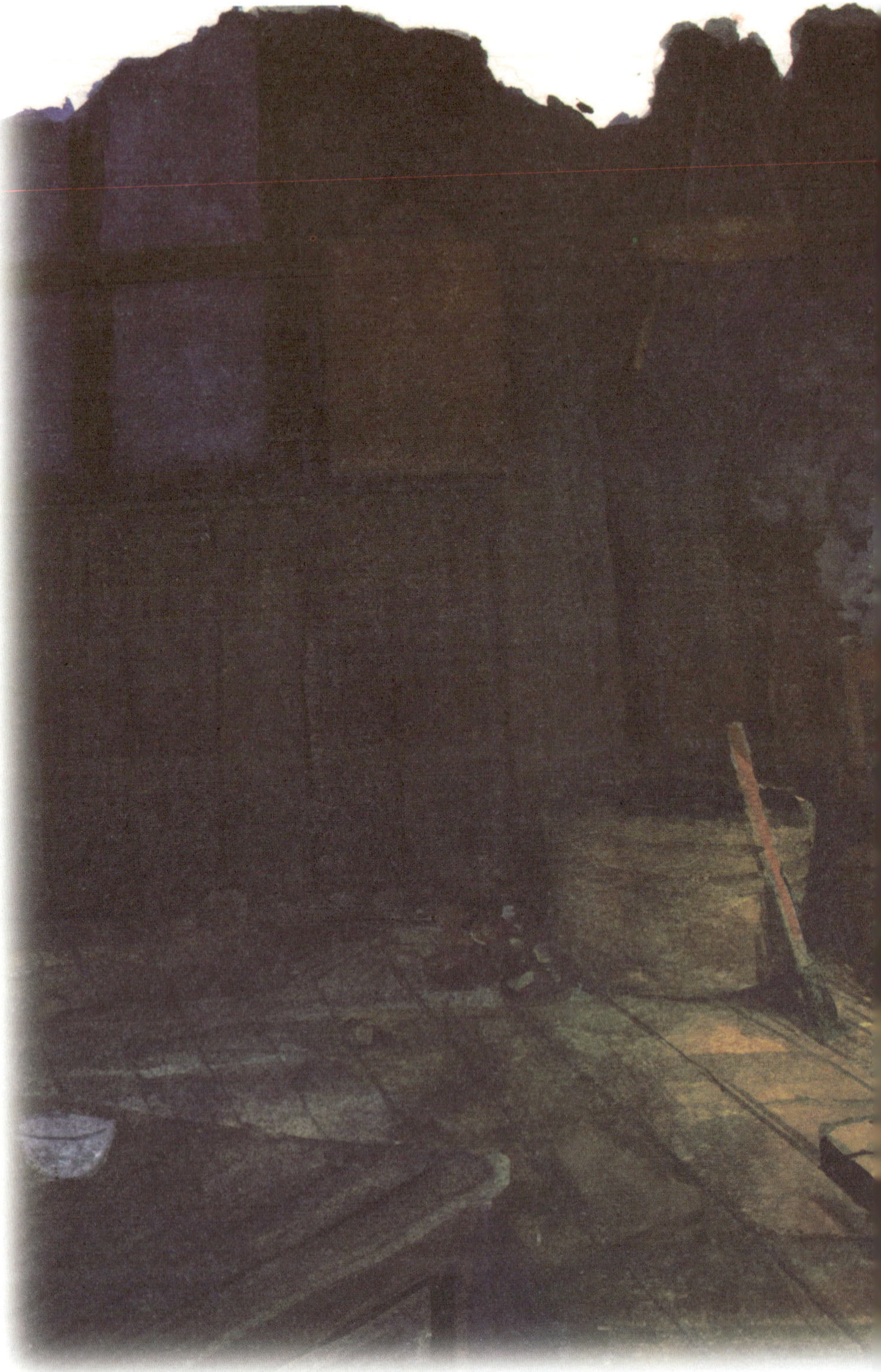

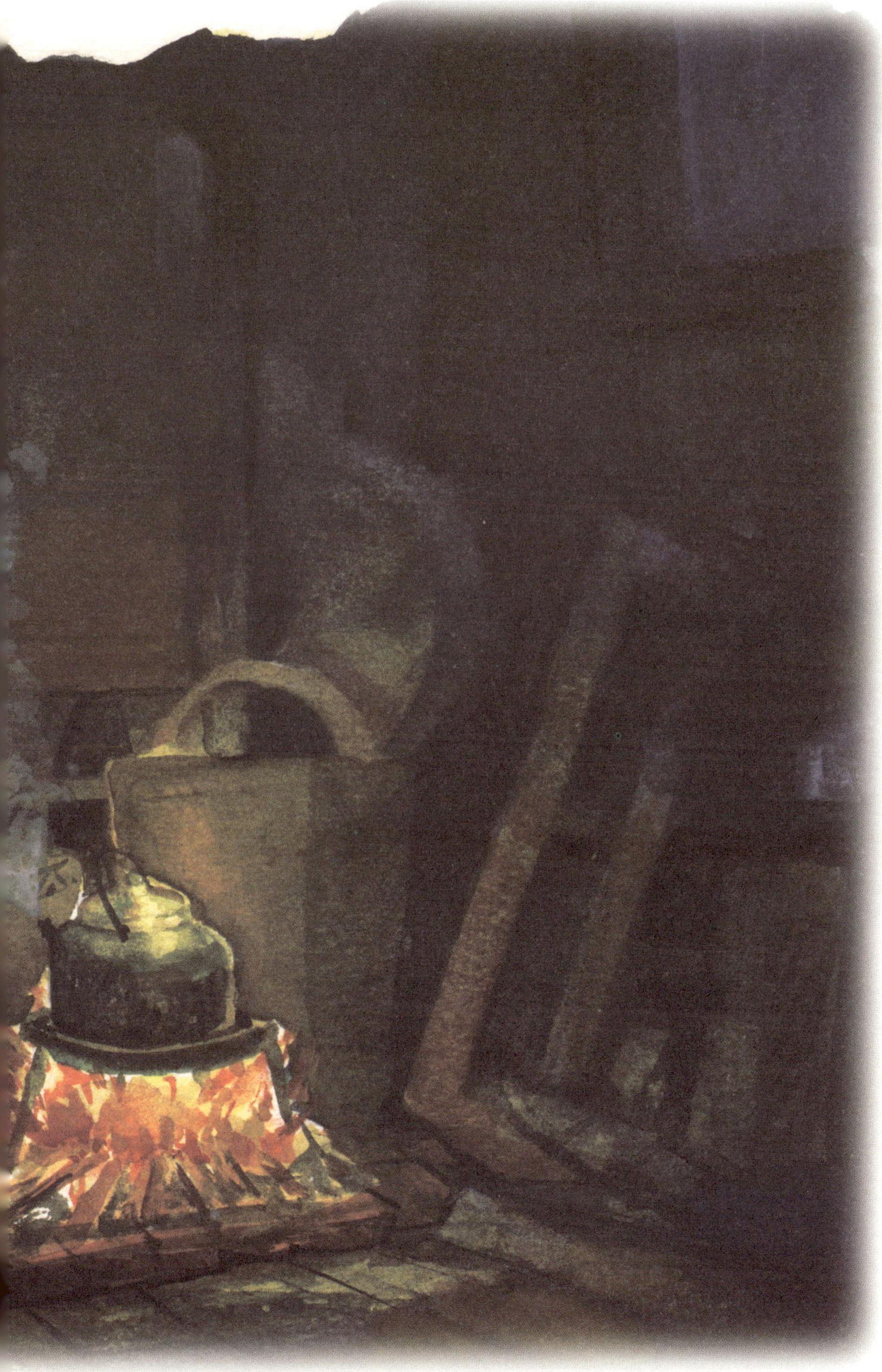

咫尺千里

今天下午偶然遇到一个朋友,他正在参与拯救青少年的义工工作,现在进行的活动叫作"远离边缘"。

朋友告诉我一些他接触的个案,有一些青少年因为无知,被朋友带去吸毒和抢劫;还有一些因为成绩不好,被社会和学校的教育遗弃,只好流浪街头,做出犯法的事。但是,大部分的青少年会走到边缘,是由于缺少父母亲的爱,当一个人连父母亲的爱都失去了,就什么坏事也可能做出来了。

朋友非常感叹地说:"每次想到这些身体强健的青少年,只因为缺少爱就变坏,心里就很着急,真想每个人都能多爱一些,说不定能支持他们远离边缘。"

我们更感慨的是,这几十年来社会的变迁和教育的失败,使一般的人——不论是青少年,或是成人——都失去了爱的表达能力。我们花更多的时间追求物质的生活,却吝于花一点时间来对待自己的亲人;我们用更多的力气在一些外面的琐事,却舍不得多给最亲的人一些关怀。

那些身强体壮、有无限精力的青少年,他们会变得茫然,成为边缘人,整个社会都有责任。

因为这个社会愈来愈多的是冷漠,而愈来愈少的是爱。

我对朋友说:"只有爱,才能拯救这个社会呀!"

这个社会确实存在许多的边缘,但边缘指的不是文化的或社会的,我们在最繁华的都市里,反而有最多边缘的青少年;在最富有的家庭里,也可能培育出最冷漠的心灵。

与朋友谈天结束后,我沿着忠孝东路散步走回家,看着那些外表坚实华丽的大楼,内部是那样冷硬而无感,过于巨大的招牌杂乱无章地挂着。

这些大楼、这些招牌,不正是这个社会人心的显现吗?

我们有着更大的占据与高耸的外表,却有更多的流失与更大的荒芜,我们失去的是心灵的故乡与思想的田园,这是使我们流落于边缘的根源呀!

回到家,我接到儿子幼稚园时代的老师寄给我的一本稿子,这本稿子是一个母亲的日记。

这个母亲因为怀孕时受到病毒感染,生下一个先天畸形的女婴,取名为"心澂",期望小女孩虽然残缺,还能"心澄如水,能清楚地照见自己、照见世间"。

但是,**心澂**生下来之后,残缺还没有结束,因为她的脑部病变是"进行式"的,心澂先是肠胃病弱,接着是四肢萎缩,再来是脊椎侧弯,情况一天比一天更糟。

不管情况变得多么糟,心澂的母亲汪义丽女士永不放弃,甚至"连一天也没有离开过孩子",她带着孩子对抗疾病,对抗残酷的命运,坚持到底。那是源自于她有非常充沛的爱,这爱是泉源,不会枯竭。

心澂在父母亲的爱里，最后还是走了，一共只活了四年的时间，留下来的，是母亲在这四年中写下的充满光辉和泪水的日记。

我跟随着这一本日记、跟随着互相深爱的母女的悲喜，希望能寻找到命运的阳光。

终至我深深地叹息了。

即使如此丰盈的爱也是无力回天，大化实在太无情了。

尽管大化无情，但真正纯粹的爱里，过程是比结局远为重要的，“爱别离”既是人生的必然，却很少人知道，只要完全融入地爱过，别离也就不能拘限我们了。

另外使我叹息的是这世间的荒诞，许多身强体健的青少年形同被父母遗弃；许多面貌姣好的少女竟被父母像货品一样的出售。反而是许多父母的心肝宝贝，却是身心有残缺的，唉唉！大化岂止是无情而已！

在这流动的世间、流转的人情里，是必然的呢？还是偶然的？

如果是偶然的，人生不就如同风云雨露吗？

如果是必然的，存在的理由又是什么呢？

那必然的存在，是为了启示我们、成就我们，让我们学习更繁剧的生命课程，以彻底转化我们的心性。

对于能不断学习和超越的人，由于转化、启示、与成就，所以折磨是好的，受苦也是好的。

当我读到心澂的母亲每个字都以血泪铸造的日记，看到她如何在不断的失望、无望、绝望中转化与超拔，使我想到“母心即是佛心，佛心即是母心”的句子。

也为心澂而感到安慰，虽然她在人间只有短短四年，却沐浴在浓郁的爱里，她所得到的爱可能超过那因为缺乏爱而沦落边缘的人，一生的总和。

我宁可把心澂的生命历程看成是一个不凡的示现，她以短暂的生命来启示她身边的人，而她的母亲为她做的真实记录，但望能启示更多徘徊在爱的边缘的人，回到生命的中心——爱——里来。

我想，天下的父母如果都肯为孩子记录一些生命的日记，并且有义丽那样细腻的爱，那我们的孩子就有福了，他们再也不会陷入边缘，不论他们是强健或缺陷，不论他们是资优生或牛头班，都能无憾地成长，昂然立于天地之间。

在我们这样的时代和社会，只有更无私的爱，才能拯救。

使我痛心的是，为什么那些勇于承担爱的人，往往为了得到咫尺的爱而奔波千里？为什么有好环境去爱的人，却使垂手可得的爱流放于千里之外？

从偶然而观之，但愿天地间相隔千里的心，都可以在咫尺相聚。

从必然观之，但愿由前世情缘相聚的人，都可以互相地珍惜。

我们都要深信：这世界没有真正的边缘！

>>>>>>

这些旧事使我充满了力量,

觉得人生大致上还是美好的

PART 2

第二章

阅读故乡的一百个方法

燕子轻快地翱翔，蜻蜓满天飞。

云在天空赶集似的跑着。

麻雀一群，在屋檐叽叽交谈。

我们的心是将雨，或者已经雨过的天空。

箩筐

午后三点，天的远方摇过来一阵轰隆隆的雷声。

有经验的农人都知道，这是一片欲雨的天空，再过一刻钟，西北雨就会以倾盆之势笼罩住这四面都是山的小镇，有经验的燕子也知道，它们纷纷从电线上翦着尾羽，飞进了筑在人家屋檐下的土巢。

但是站在空旷土地上的我们——我的父亲、哥哥、亲戚，以及许多流过血汗、炙过阳光、淋过风雨的乡人，听着远远的雷声呆立着，并没有人要进去躲西北雨的样子。我们的心比天空还沉闷，大家都沉默着，因为我们的心也是将雨的天空，而且这场心雨显见得比西北雨还要悲壮、还要连天而下。

我们无言围立着的地方是溪底仔的一座香蕉场，两部庞大的"怪手"正在慌忙地运作着，张开它们的铁爪一把把抓起我们辛勤种植出来的香蕉，扔到停在旁边的货车上。

这些平时扒着溪里的沙石，来为我们建立一个更好家园的怪手，此时被农会雇来把我们种出来的香蕉践踏，这些完全没有人要的香蕉将被投进溪里丢弃，或者堆置在田里当肥料。因为香蕉是易腐的水果，农会怕腐败的香蕉污染了这座干净的蕉场。

在香蕉场堆得满满的香蕉即使天色已经晦暗，还散放着翡翠一样的光泽，往昔丰收的季节里，这种光泽曾是带给我们欢乐的颜色，比雨后的彩虹还要灿亮；如今变成刺眼得让人心酸。

怪手规律的呱呱响声，和愈来愈近的雷声相应和着。

我看到在香蕉集货场的另一边，堆着一些破旧的棉被，和农民弃置在棉被旁的箩筐。棉被原来是用来垫娇贵的香蕉以免受损，箩筐是农民用来收成的，本来塞满收成的笑声。棉被和箩筐都溅满了深褐色的汁液，一层叠着一层，经过了岁月，那些蕉汁像一再凝结而干涸的血迹，是经过耕耘、种植、灌溉、收成而留下来的辛苦见证，现在全一无用处地躺着，静静等待着世纪末的景象。

蕉场前面的不远处，有几个小孩子用竹子撑开一个旧箩筐，箩筐里撒了一把米，孩子们躲在一角拉着绳子，等待着大雨前急着觅食的麻雀。

一只麻雀咻咻两声从屋顶上飞翔而下，在蕉场边跳跃着，慢慢地，它发现了白米，一步一步跳进箩筐里；孩子们把绳子一拉，箩筐砰然盖住，惊慌的麻雀打着双翼，却一点也找不到出路地悲哀地号叫出声。孩子们欢呼着自墙边出来，七八只手争着去捉那只小小的雀子，一个大孩子用原来绑竹子的那根线系住麻雀的腿，然后将它放飞。

麻雀以为得到了自由，振力地飞翔，到屋顶高的时候才知道被缚住了脚，颓然跌落在地上，它不灰心，再飞起，又跌落，直到完全没有力气，蹲在褐黄色的土地上，绝望地喘着气，还忧戚地长嘶，仿佛在向某一处不知的远方呼唤着什么。

这捕麻雀的游戏，是我幼年经常玩的，如今在心情沉落的此刻，心中不禁一阵哀感。我想着小小的麻雀走进箩筐的景况，只是为了啄食几粒白米，未料竟落进一个不可超拔的生命陷阱里去，农人何尝不是这样呢？他们白日里辛勤地工作，夜里还要去巡田水，有时也只是为了求取三餐的温饱，没想到勤奋打拼的工作，竟也走入了命运的箩筐。

箩筐是劳作的人们一件再平凡不过的用具，它是收成时一串快乐的歌声。在收成的时节，看着人人挑着空空的箩筐走过黎明的田路，当太阳斜向山边，他们弯腰吃力地挑着饱满的箩筐，走过晚霞投照的田埂，确是一种无法言宣的美，是出自生活与劳作的美，比一切美术音乐还美。

我每看到农人收成，挑着箩筐唱简单的歌回家，就冥冥想起托尔斯泰的艺术论，任何伟大的作品都是蘸着血泪写成的。如果说大地是一张摊开的稿纸，农民正是蘸着血泪在上面写着伟大的诗篇；播种的时候是逗点，耕耘的时候是顿号，收成的箩筐正像在诗篇的最后圈上一个饱满的句点。人间再也没有比这篇诗章更令人动容的作品了。

遗憾的是，农民写作歌颂大地的诗章时，不免有感叹号，不免有问号，有时还有通向不可知的……分号！我看过狂风下不能出海的渔民，望着箩筐出神；看过海水倒灌淹没盐田，在家里踢着箩筐出气的盐民；看过大旱时的龟裂土地，农民挑着空的箩筐叹息。那样单纯的情切意乱，比诗人捻断数根须犹不能下笔还要忧心百倍；这时的农民正是契诃夫笔下没有主题的人，失去土地的依恃，再好的农人都变成浅薄的、渺小的、悲惨的、滑稽的、没有明天的小人物，他不再是个大地诗人了！

由于天候的不能收成和没有收成固是伤心的事，倘若收成过剩而必须抛弃自己的心血，更是最大的打击。这一次我的乡人因为收成过多，不得不把几千万公斤的香蕉毁弃，每个人的心都被抓出了几道血痕。在过去的岁月里，他们只知道"一分耕耘，一分收获"的天理，从来没有听过"收成过剩"这个东西，怪不得几位白了胡子的乡人要感叹起来：

真是没有天理呀!

当我听到故乡的香蕉因为无法产销,便搭着黎明的火车转回故乡,火车空洞空洞空洞地奔过田野,天空稀稀疏疏地落着小雨,戴斗笠的农人正弯腰整理农田,有的农田里正在犁田,农夫将犁绳套在牛肩上,自己在后面推犁,犁翻出来的烂泥像春花在土地上盛开。偶尔也看到刚整理好的田地,长出青翠的芽苗,那些芽很细小只露出一丝丝芽尖,在雨中摇呀摇的,那点绿鲜明地告诉我们,在这一片灰色的大地上,有一种生机埋在最深沉的泥土里。台湾的农人是世界上最勤快的农人,他们总是耕者如斯,不舍昼夜,而我们的平原也是世界上最肥沃的土地,永远有新的绿芽从土里争冒出来。

看着急速往后退去的农田,我想起父亲戴着斗笠在蕉田里工作的姿影。他在土地里种作五十年,是他和土地联合生养了我们,和土地已经种下极为根深的情感,他日常的喜怒哀乐全是跟随土地的喜怒哀乐。有时收成不好,他最受伤的,不是物质的,而是情感的。在我们所拥有的一小片耕地上,每一尺都有父亲的足迹,每一寸都有父亲的血汗。而今年收成这么好,还要接受收成过剩的打击,对于父亲,不知道是伤心到何等的事!

我到家的时候,父亲挑着香蕉去蕉场了,我坐在庭前等候他高大的背影,看到父亲挑着两个晃动的空箩筐自远方走来,他旁边走着的是我毕业于大学的哥哥,他下了很大决心才回到故乡帮忙父亲的农业。由于哥哥的挺拔,我发现父亲这几年背竟是有些弯了。

长长的夕阳投在他挑的箩筐上,拉出更长的影子。

记得幼年时代的清晨,柔和的曦光总会肆无忌惮地伸出大手,推进我家的大门、院子,一直伸到厅场的神案上,使案上长供的四果一面明一面暗,好像活的一般,大片大片的阳光真是醉人而温暖。就在那熙和的日光中,早晨的微风启动了大地,我最爱站在窗口,看父亲穿着沾满香蕉汁的衣服，戴着顶尖上几片竹叶已经掀起的旧斗笠，挑着一摇一晃的一对箩筐，穿过庭前去田里工作；爸爸高大的身影在阳光照耀下格外雄伟健壮，有时除了箩筐，他还荷着锄头、提着扫刀，每一项工具都显得厚实有力，那时我总是倚在窗口上想着：能做个农夫是多么快乐的事呀！

稍稍长大以后，父亲时常带我们到蕉园去种作，他用箩筐挑着我们，哥哥坐前面，我坐后边，我们在箩筐里有时玩杀刀，有时用竹筒做成的气枪互相打苦苓子，使得箩筐摇来晃去，爸爸也不生气；真闹得他心烦，他就抓紧箩筐上的扁担，在原地快速地打转，转得我们人仰马翻才停止，然后就听到他爽朗洪亮的笑声串串响起。

童年蕉园的记忆，是我快乐的最初，香蕉树用它宽大的叶子覆盖累累的果实，那景象就像父母抱着幼子要去进香一样，同样涵含了对生命的虔诚。农人灌溉时流滴到地上的汗水，收割时挑着箩筐嘿嗨嘿嗨的吆喝声，到香蕉场验关时的笑谈声，总是交织成一幅有颜色有声音的画面。

在我们蕉园尽头处有一条河堤，堤前就是日夜奔湍不息的旗尾溪了。那条溪供应了我们土地的灌溉，我和哥哥时常在溪里摸蛤、捉虾、钓鱼、玩水，在我童年的认知里，不知道为什么就为大地的丰饶而感恩着土地。在地上，它让我们在辛苦的犁播后有喜悦的收成；在水中，它生发着永远也不会匮乏的丰收讯息。

我们玩累了，就爬上堤防回望那一片广大的蕉园，由于蕉叶长得太繁茂了，我们看不见在里面工作的人们，他们劳动的声音却像从地心深处传扬出来，交响着旗尾溪的流水潺潺，那首大地交响的诗歌，往往让我听得出神。

一直到父亲用箩筐装不下我们去走蕉园的路，我和哥哥才离开我们眷恋的故乡到外地求学，父亲送我们到外地读书时说的一段话到今天还响在我的心里："读书人穷没有关系，可以穷得有骨气，农人不能穷，一穷就双膝落地了。"

以后的十几年,我遇到任何磨难,就想起父亲的话,还有他挑着箩筐意气风发到蕉园种作的背影,岁月愈长,父亲的箩筐魔法也似的一日比一日鲜明。

此刻我看父亲远远地走来了,挑着空空的箩筐,他见到我的欣喜中也不免有一些黯然。他把箩筐随便地堆在庭前,一言不发,我忍不住问他:"情形有改善没有?"

父亲涨红了脸:"伊娘咧!他们说农人不应该扩大耕种面积,说我们没有和青果社签好约,说早就应该发展香蕉的加工厂,我们哪里知道那么多?"父亲把蕉汁斑斑的上衣脱下挂在庭前,那上衣还一滴滴地落着他的汗水,父亲虽知道今年香蕉收成无望,今天在蕉田里还是艰苦地做了工的。

哥哥轻声地对我说:"明天他们要把香蕉丢掉,你应该去看看。"父亲听到了,对着将落未落的太阳,我看到他眼里闪着微明的泪光。

我们一家人围着,吃了一顿沉默而无味的晚餐,只有母亲轻声地说了一句:"免气得这样,明年很快就到了,我们改种别的。"阳光在我们吃完晚餐时整个沉到山里,黑暗的大地只有一片虫鸣唧唧。这往日农家凉爽快乐的夏夜,儿子从远方归来,却只闻到一种苍凉和寂寞的气味,星星也躲得很远了。

两部怪手很快地就堆满一辆载货的卡车。

西北雨果然毫不留情地倾泻下来,把站在四周的人群全淋得湿透,每个人都文风不动地让大雨淋着,看香蕉被堆上车,好像一场气氛凝重的告别式。我感觉那大大的雨点落着,一直落到心中升起微微的凉意。我想,再好的舞者也有乱而忘形的时刻,再好的歌者也有仿佛失曲的时候,而再好的大地诗人——农民,却也有不能成句的时候。是谁把这写好的诗打成一地的烂泥呢?是雨吗?

货车在大雨中,把我们的香蕉载走了,载去丢弃了,只留两道轮迹,在雨里对话。

捕麻雀的小孩,全部躲在香蕉场里避雨,那只一刻钟前还活蹦乱跳的麻雀,死了。最小的孩子为麻雀的死哇哇哭起来,最大的孩子安慰着他:"没关系,回家哥哥烤给你吃。"

我们一直站到香蕉全被清出场外、呼啸而过的西北雨也停了,才要离开,小孩子们已经蹦跳着出去,最小的孩子也忘记死去麻雀的一点点哀伤,高兴地笑了,他们走过箩筐,恶作剧地一脚踢翻箩筐,让它仰天躺着;现在他们不抓麻雀了,因为知道雨后,会飞出来满天的蜻蜓。

我独独看着那个翻仰在烂泥里的箩筐,它是我们今年收成的一个句点。

燕子轻快地翱翔,蜻蜓满天飞。

云在天空赶集似的跑着。

麻雀一群,在屋檐咻咻交谈。

我们的心是将雨,或者已经雨过的天空。

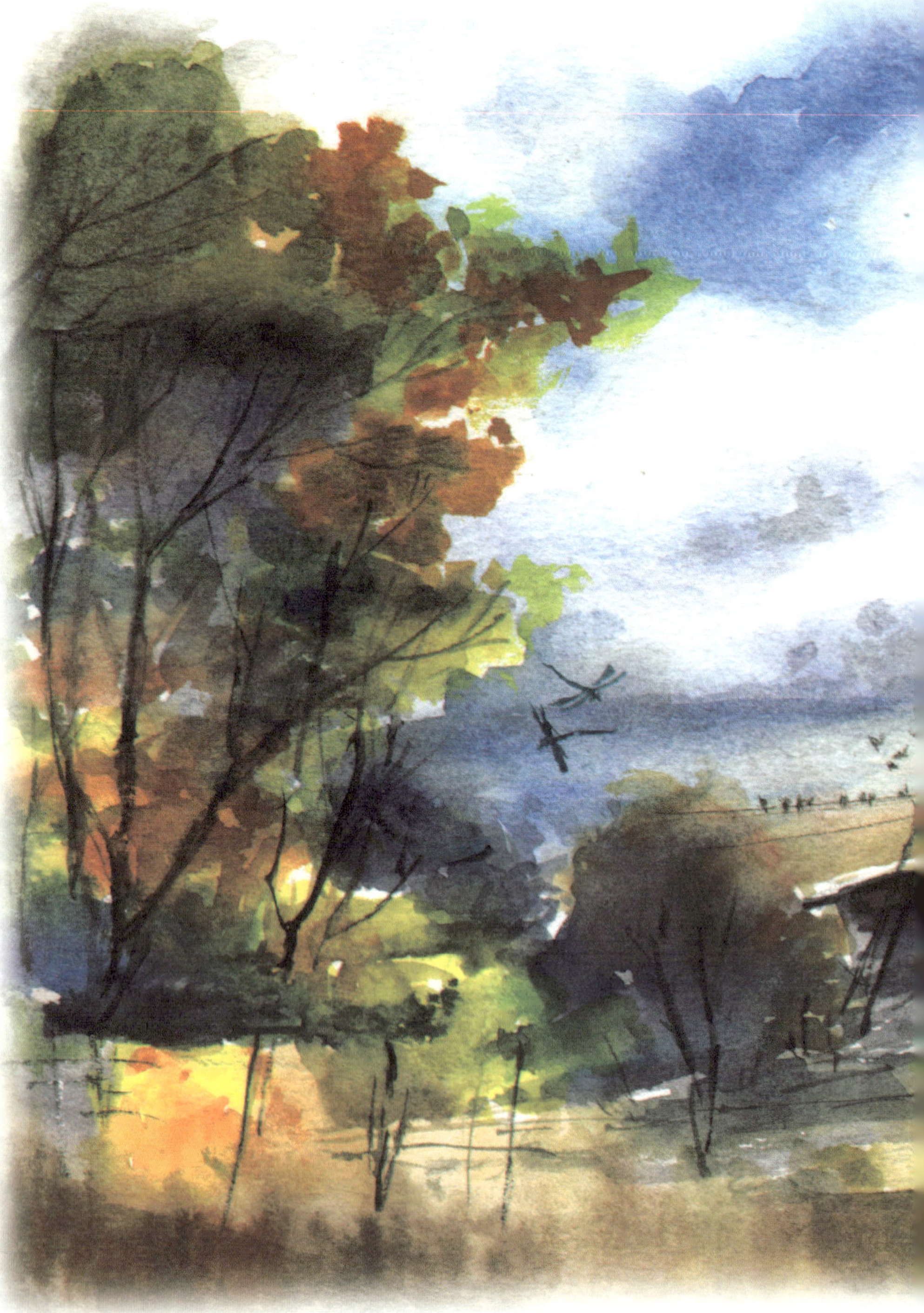

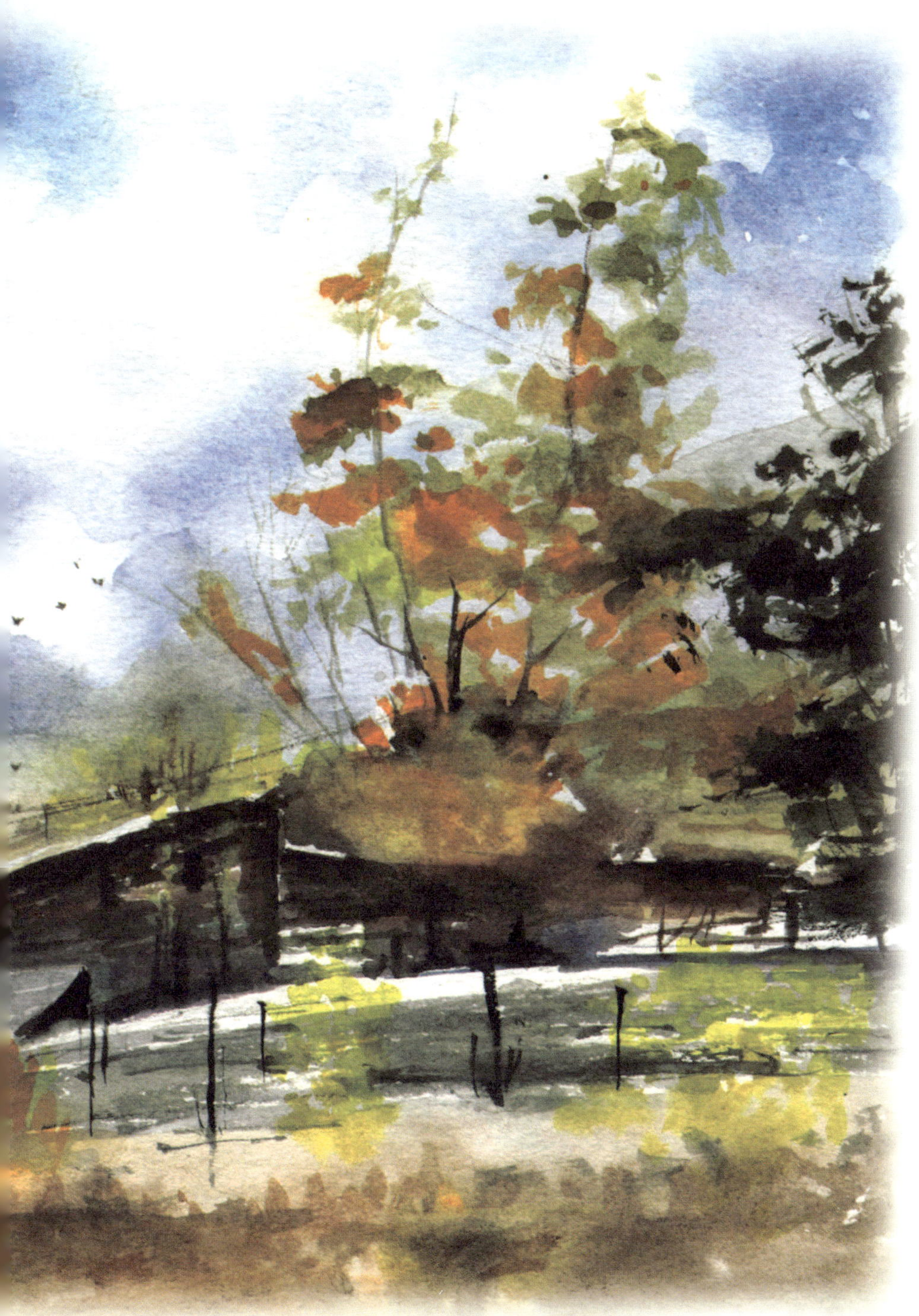

溪洲荣阳堂记事

溪洲荣阳堂是我记忆里极动人的一帧小影。最近到乡下去,有机会重返荣阳堂,它却像相簿里存放过久的相片,大部分都发黄了,有几页霉湿的地方,甚至已经斑驳,几乎难以辨识它昔日光灿的样貌。

那曾经如血一般鲜红的"荣阳堂"三字,红漆有些掉落,尘灰铺在上面,变成一种灰褐的颜色,反倒不如过年贴在门楣上的春联那么鲜明了。

我仍如童年一样,在荣阳堂的宗祠中虔敬地烧了香。宗祠的左面墙壁有三帧巨大的黑白照片,一帧是外曾祖母穿着长及脚掌上的袍子,露出一双经过细心绑过的三寸金莲,白袜黑鞋,好像要从时光里走出来。一帧是外祖母的相片,坐在太师椅上,服饰装扮及神情都与外曾祖母相似,不同的是,她的坐姿是我极其熟悉的;那张太师椅是我幼年经常依恃,也常蜷缩在上面午眠的地方。

另一帧挂在中央的,是外祖父的相片,他戴着一顶白色的呢帽,穿一套老式的黑西装，黑色皮鞋雪亮，手中拿着一支德国式的长拐杖。他的嘴角紧抿，但微微露出一种似有似无的笑意——这些，与我想象中的外祖父是完全相同的，他带着神秘的色彩，我出生时他已过世，对他的事却如身边一样熟悉，因为一直到今天，母亲还常说起他来。他的故事其实是像他紧抿的嘴角，不太亲近，却带着微笑的。

荣阳堂本来是一座巨大的三合院，占地千坪，此刻我站在正中的宗祠庭前，看到它原来一直向前伸展的东西两个厢房，早已经拆除，各盖起一座三层的洋房，洋房几乎把庭院的视界完全遮住了。我幼年时，常陪外祖母住在西厢，每天太阳从东边出来时，可以看到阳光斜斜地映照进来，如今不要说阳光，连西厢房都不见了。

溪洲荣阳堂是母亲的娘家，母亲有八个哥哥，过去他们全住在这座宅院里，等到舅舅们都结婚生子，荣阳堂已经成溪洲附近最大的宅院。宅院的前后左右全植满果树，进入宅院的路上还有高达两丈的椰子树夹道，在幼年时代的记忆里，是一片广大无边的天地。我小时候常跟随母亲回娘家，那时交通工具还未发达，我们要浩浩荡荡步行两小时的小路才能走到荣阳堂。堂里随时都像一锅正在煮沸的暖粥，沸沸腾腾的热闹，表兄弟姊妹，加上照顾园子的长工，一共有近百人，开饭时得要五六桌才坐得下，只差没有敲钟。

尤其是每年过年的时候，光是大猪就要宰上几头，前门后院贴满春联春纸，炮竹的声音要从除夕一直点放到元宵。元宵夜门口挂满灯笼，孩子在院中嬉戏，灯笼百盏，照耀如同白昼。我日后能感受过年庄严与除旧的意义，全是在那一段时间得到的。

由于孩子多，荣阳堂的年节，水果糖果都是用箩筐装满，摆在厅里随意取用。每天都有甜汤圆，有时吃不完的汤圆，我们就粘在门板上、古井边，等汤圆被日照干了之后，拿到炉旁，边烤边吃；烤过的汤圆爆裂，外皮干脆、内部松软，沾着白糖，是至今不能忘的美味。在旧日物质缺乏的年代，只有过年是能那样丰盛、美好，不感觉到浪费的。

荣阳堂与昔时台湾南部的大家庭一样，并不是什么书香世家，但我常记得在荣阳堂正门的一副春联，年年都是这样写的："忠孝传家远，诗书继世长。"外祖父重视读书，他有一幅画像，手里就是拿着一卷书，像极关公读春秋的绘像，只差背后没有一把关刀，所以母亲在那个年代比一般乡间妇女幸运，受了比较完整的教育，并且写得一手娟秀的好字，我幼年读三字经，就是母亲一笔笔写在日历纸背后的。现在我还能唱歌一样诵三字经，也是得自母亲最早的教育。

荣阳堂的宗祠里，过去墙上贴满了老旧的相片，都是家族的一页页记录。孩子读书时，一旦得了奖状，都贴在宗祠的墙上，满满两墙奖状；在我未入学前，常梦想着有一天自己的奖状也能贴在墙上。如今，照片不知跑到何处，奖状也都不见了踪迹，宗祠的香炉里香火寥落，不像过去终日缭绕不熄。

荣阳堂的冷清，并不是外祖父家族的句点，而像是一个段落，这个段落是因为时代，时代的向前推展，使大家庭都不得不星散。现在的时代里，不可能一整个家族都从事农作，也不能有闲适的心情来享受大家庭的乐趣，最主要的是人际关系紧张，一百多人不能像以前那样毫不计较，至少表面上没有嫌隙地生活了。

我的八个舅舅，现在只有两位留在荣阳堂，其余的都已迁居他往，有时连过年都聚集不起来。母亲也不像从前，喜欢回到娘家叙旧，可能是大家回到宗祠里想起往日的情况，不免或多或少有落泪的感触——我也像上一辈一样，喜欢大家庭的生活，可惜时光已经使我们回不去那大家庭的时代。那个充满笑声的时代，已像香炉的烟，往窗口、往更远的路头、往一个不可追回的年代，消散了。

我站在荣阳堂的院子里，深深地感叹，我的孩子正在院子里玩泥土，追逐着舅妈养的一群小鸡。这个生长在都市尘烟里的孩子，还是第一次在泥土打滚没有挨骂,也是第一次看到活生生的小鸡。看着他的快乐,好像看着自己一帧很早很早以前的相片。我知道在他长大的时候,我没有能力向他描绘荣阳堂的过去,因为那种大家庭的景况,没有亲身经验过,是不可能体会的。

我离去的时候,夕阳正落照在宗祠前"忠孝传家远,诗书继世长"的春联上,联上的春纸在冷风中飘飘摇荡,想到今天是大年初一,好像过去新年的气氛化成一道热流,激得人的鼻子微微酸痛起来。

母亲坐在车子后座,一言不发,车子开出马路,我在照后镜里看到母亲灰白的头发,看到她微微地叹了一口气,搂紧我的孩子,让孩子睡在她的胸口,那也是我小时候常睡的,母亲温热的胸口。

这时,天像一张黑帐,慢慢地盖住我们,也使背后的荣阳堂被掩在幕中。

仙堂戏院

　　仙堂戏院成立有三十多年了，它的传统还没有被忘记，就是每场电影散戏的前十五分钟，打开两扇木头大门，让那些原本只能在戏院门口探头探脑的小鬼一拥而入，看一个电影的结局。

　　有时候回乡，我就情不自禁散步到仙堂戏院那一带去，附近本来有许多酒家茶室，由于经济情况改变均已萧条不堪，唯独仙堂戏院的盛况不减当年。所谓盛况指的不是它的卖座，戏院内的人往往三三两两坐不满两排椅子；指的是戏院外等着捡戏尾仔的小学生，他们或坐或站着聆听戏院深处传来的响声，等待那看门的小姐推开咿哑的老旧木门，然后就像麻雀飞入稻米成熟的田中，那么急切而聒噪。

　　接着展露在眼前的是电影的结局，大部分的结局是男女主角历经千辛万苦终于好事成双；或者侠客们终于报了滔天的大仇骑白马离开田野；或者离乡多年的游子奋斗有成终于返回家乡……有时候结局是千篇一律的，但不管多么类似，对小学生来说，总像是历经寒苦的书生中了状元，象征了人世的完满。

等戏院的灯亮就不好玩了，看门的小姐会进来清理门户，把那些还留恋不走的学生扫地出门。因为常常有躲在厕所里的，躲在椅子下的，甚至躲在银幕后面的小孩子，希望看前面的开场和过程。这种"阴谋"往往不能得逞，不管躲在哪里，看门小姐都能找到，并且拎起衣领说："散戏了，你还在这里干什么？下一场再来。"问题是，下一场的结局仍然相同，有时一个结局要看上三、五次。

纵然电视有再大的能耐，电影的魅力是永远不会消失的。从那些每天放学不直接回家，要看过戏尾才觉得真正放学的孩子脸上，就知道电影不会被取代。

在我成长的小镇里，原本有两家戏院，一家在电视来临时就关闭了，仙堂戏院因此成为唯一的一家。说起仙堂戏院的历史，几乎是小镇娱乐的发展史，它在台湾刚光复的时候就成立了，在开始的时候，听长辈说，是公演一些大陆的黑白影片，偶尔也有卓别林穿梭其间，那时的电影还没有配音，但影像有时还不能使一般人了解剧情，因此产生出一种行业叫"讲电影的"。小镇找不到适当人选，后来请到妈祖庙前的讲古先生。

讲古先生心里当然是故事繁多，不及备载，通常还是有着天马行空的想象力。电影上演的时候，他就坐在银幕旁边，拉开嗓门，凭他的口才和想象力，为电影强作解人。他是中西文化无所不能，什么电影到他手中就有了无限天地，常使乡人产生"说的比演的好"，浑然忘记是看电影，以为置身于说书馆。

讲古先生也不是万般皆好，据我的父亲说，他往往过于饶舌而破坏气氛。譬如看到一对男女情侣亲吻时，他会说："现在这个查埔要亲那个查某，查某眼睛闭了起来，我们知道伊要亲伊了，喔，要吻下去了，喔，快吻到了，喔吻了，这个吻真长，外国郎吻起来总是很长的。吻完了，你看那查某还长长吸一口气，差一点就窒息了……"弄得本来罗曼蒂克的气氛变得哄堂爆笑。由于他对这种场面最爱形容，总受到家乡长辈"不正经"的责骂。

说起来，讲古先生是不幸的。他的黄金时光非常短暂，当有声电影来到小镇，他就失业了；回到妈祖庙讲古也无人捧场，双重失业的结果，乃使他离开小镇，不知所终。

有声电影带来了日本片的新浪潮，像《黄金孔雀城》、《里见八犬传》、《蜘蛛巢城》、《流浪琴师》、《宫本武藏》、《盲剑客》、《日俄战争》、《山本五十六》等等，都是我幼年记忆里深埋的故事。那时我已经是仙堂戏院的常客，天天去捡戏尾不在话下，有时贪看电影，还会在戏院前拉拉陌生人的裤角，央求着："阿伯仔，拜托带我进场。"那时戏院没有儿童票，小孩只要有大人拉着就免费入场，碰到讨厌的大人就自尊心受损，但我身经百战，锲而不舍，往往要看的电影就没有看不成。

偶尔运气特别坏，碰不到一个好大人，就向看门的小姐撒娇，"阿姨、婶婶"不绝于口，有时也达到目的。如今想起来也不知为什么当时有那么厚的脸皮，如果有人带我看戏，叫我唤一声阿公也是情愿的。

日本片以后，是刀剑电影，我们称之为"剑光片"。看过的电影不甚记得，依稀好像有《六指琴魔》、《夺魂旗》、《目莲救母》、《火烧红莲寺》等等，最记得的是萧芳芳，好像什么电影都有她。侠女扮相是一等一的好，使我对萧芳芳留下美好的印象；即使后来看到她访问亚兰德伦颇失仪态，仍然看在童年的面子上原谅了她。

那时的爱看电影，到了如醉如痴的地步，时常到仙堂戏院门口去偷撕海报。有时月黑风高，也能偷到几张剧照，后来看楚浮的自传性电影，知道他也有偷海报、剧照的癖好，长大后才成为世界一级的大导演，想想当年一起偷海报的好友，如今能偶尔看看电影已经不错，不禁大有沧海桑田之叹。

好景总是不常,有一阵子电影不知为何没落,仙堂戏院开始"绑"给戏班子演歌仔戏和布袋戏。这些戏班一绑就是一个月,遇到好戏,也有连演三个月的,一直演到看腻为止。但我是不挑戏的,不管是歌仔戏、布袋戏,或是新兴的新剧,我仍然日日报到,从不缺席。有时到了紧要开头,譬如岳飞要回京,薛平贵要会王宝钏了,祝英台要死了,孔明要斩马谡了,那是生死关头不能不看,还常常逃课前往。最惨的一次是学校月考也没有参加,结果比岳飞挨斩还凄惨,屁股被打得肿到一星期坐不上椅子,但还是每天站在最后一排,看完了《岳飞传》。

歌仔戏、布袋戏虽好,然而仙堂戏院不再演电影总是美中不足的事,世界为之单调不少。

到我上初中的时候,是仙堂戏院最没落的时期,这时电视有了彩色,而且颇有家家买电视的趋势。乡人要看的歌仔戏、布袋戏,电视里都有;要看的电影还不如连续剧引人;何况电视还是免费的——最后这一点对勤俭的乡下人最重要。还有一点常被忽略的,就是能常进戏院的到底是少数,看完好戏没有谈话共鸣的对象是非常痛苦的。看电视则皆大欢喜,人人共鸣,到处能找人聊天,谈谈杨丽花的英气勃勃,史艳文的文质彬彬,唉,是多么快意的事!仙堂戏院为此失去了它的观众,戏院的售票小姐常闲得捉苍蝇打架,老板只好另谋出路。先是演电影里面来一段插片,让乡人大开眼界,一致哄传,确实乡人少见妖精打架,戏院景气回升不少。但妖精打来打去总是一回事,很快又失去拥护者。

"假的不行,我们来真的!"戏院老板另谋新招,开始演出大腿开开的歌舞团,一时之间人潮汹涌,但看久了也是同一回事,仙堂戏院又养麻雀了,干脆"整修内部,暂停营业"。后来不知哪来的灵感,再开业时广告词是"美女如云,大腿如林的超级大胆歌舞团,再加映香艳刺激、前所未见的美国电影",企图抢杨丽花的码头。

结局仍是天定———股作气，再而衰，三而竭，仙堂戏院似乎走到绝路了。再多的美女大腿都回天乏术。

到我离开小镇的时候，仙堂戏院一直是过着黯淡的时光，幸而几年以后，观众发现电视的千篇一律其实也和歌舞团差不多，又纷纷回到仙堂戏院的座位上看"奥斯卡金像奖"或"金马奖"的得奖电影——对仙堂戏院来说，也算是天无绝人之路了。到这时，捡戏尾的小学生才有机会重进戏院。有几乎十年的时间，父老乡亲全不准小儿辈去仙堂戏院，而歌舞团和插片也确乎没有戏尾可捡。

三十几年过去了，仙堂戏院外貌改变了，竹做的长板条被沙发椅取代，洋铁皮屋顶成了钢筋水泥，铁铸大门代替咿哑的木门，在在显示了它的历史痕迹。

最好的两个传统被留下来，一是容许小孩子去捡戏尾；二是失窃海报、剧照不予追究；这样的三十年过去了，人情味还留着芬芳。

我至今爱看电影、爱看戏，总喜欢戏的结局圆满，可以说是从仙堂戏院开始的。而且我相信一直下去，总有一天，吾乡说不定出现一个楚浮，那时即使丢掉万张海报也都有了代价——这也是我对仙堂戏院一个乐观的结局。

卡其布制服

过年的记忆,对一般人来说当然都是好的,可是当一个人无法过一个好年的时候,过年往往比平常带来更深的寂寞与悲愁。

有一年过年,当我听母亲说那一年不能给我们买新衣新鞋,忍不住跑到院子里靠在墙砖上哭了出声。

那一年我十岁,本来期待着在过年买一套新衣已经期待了几个月。在那个年代,小孩子几乎是没有机会穿新衣的,我们所有的衣服鞋子都是捡哥哥留下的,唯一的例外是过年,只有过年时可以买新衣服。

其实新衣服也不见得是漂亮的衣服,只是买一件当时最流行的特多龙布料制服罢了。但即使这样,有新衣服穿是可以让人兴奋好久的,我到现在都可以记得当时穿新衣服那种颤抖的心情,而新衣服特有的棉香气息,到现在还依稀留存。

在乡下,过年给孩子买一套新制服竟成为一种时尚,过年那几天,满街跑着的都是特多龙的卡其制服,如果没有买那么一件,真是自惭形秒了。差不多每一个孩子在过年没有买新衣，都要躲起来哭一阵子，我也不例外。

那一次我哭得非常伤心，后来母亲跑来安慰我，说明为什么不能给我们买新衣的原因。因为那一年年景不好，收成抵不上开支，使我们连杂货店里日常用品的欠债都无法结清，当然不能买新衣了。

我们家是大家庭，一家子有三十几口，那一年尚未成年的兄弟姊妹就有十八个，一人一件新衣，就是最廉价的，也是一大笔开销。

那一年，我们连年夜饭都没吃，因为成年的男人都跑到外面去躲债了，一下子是杂货店、一下子是米行、一下子是酱油店跑来收账，简直一点解决的方法也没有，那些人都是殷实的小商人，我们家也是勤俭的农户，但因为年景不好，却在除夕那天相对无言。

当时在乡下，由于家家户户都熟识，大部分的商店都可以赊欠的，每半年才结算一次，因此过年前几天，大家都忙着收账，我们家人口众多，每一笔算起来都是不小的数目，尤其在没有钱的时候，听来更是心惊。

有一个杂货店老板说："我也知道你们今年收成不好，可是欠债也不能不催，我不催你们，又怎么去催别人呢？"

除夕夜，大人到半夜才回到家来，他们已经到山上去躲了几天，每个人都是满脸风霜，沉默不言，气氛非常僵硬。依照习俗，过年时的欠债只能催讨到夜里子时，过了子时就不能讨债，一直要到初五"隔开"时，才能再上门要债。爸爸回来的时候，我们总算松了一口气，那时就觉得，没有新衣服穿也不是什么要紧，只要全家人能团聚也就好了。

第二天，爸爸还带着我们几个比较小的孩子到债主家拜年，每一个人都和和气气，仿佛没有欠债的那一回事，临走时，他们总是说："过完年再来交关吧！"

对于中国人的人情礼义，我是那一年才有一些些懂了，在农村社会，信用与人情都是非常重要的，有时候不能尽到人情，但由于过去的信用，使人情也并未被破坏。当然，类似"跑债"的行为，也只反映了人情的可爱，因为在双方的心里，其实都知道那一笔债是不可能跑掉的。土地在那里，亲人在那里，乡情在那里，都是跑不掉的。

对生活在都市里的、冷漠的现代人，几乎难以想像三十年前乡下的人情与信用，更不用说对过年种种的知悉了。

对农村社会的人，过年的心比过年的形式重要得多。记得我小时候，爸爸在大年初一早上到寺庙去行香，然后去向亲友拜年，下午他就换了衣服，到田里去巡田水，并看看作物生长的情况，大年初二也是一样，就是再松懈，也会到田里走一两回，那也不尽然是习惯，而是一种责任，因为，如果由于过年的放纵，使作物败坏，责任要如何来担呢？

所以心在过年，行为并没有真正地休息。

那一年过年，初一下午我就随爸爸到田里去，看看稻子生长的情形，走累了，爸爸坐下来把我抱在他的膝上，说："我们一起向上天许愿，希望今年风调雨顺、国泰民安，大家都有好收成。"我便闭起眼睛，专注地祈求上天，保佑我们那一片青翠的田地，许完愿，爸爸和我都流出了眼泪。我第一次感觉到人与天地有着深厚的关系，并且在许愿时，我感觉到愿望仿佛可以达成。

开春以后，家人都很努力工作，很快就把积欠的债务，在春天第一次收成里还清。

那一年的年景到现在仍然非常清晰，当时礼拜菩萨时点燃的香，到现在都还在流荡。我在那时初次认识到年景的无常，人有时甚至不能安稳地过一个年，而我也认识到，只要在坏的情况下，还维持人情与信用，并且不失去伟大的愿望，那么再坏的年景也不可怕。

如果不认识人的真实，没有坚持的愿望，就是天天过年，天天穿新衣，又有什么意思呢？

冰糖芋泥

　　每到冬寒时节，我时常想起幼年时候，坐在老家西厢房里，一家人围着大灶，吃母亲做的冰糖芋泥。事隔廿几年，每回想起，齿颊还会涌起一片甘香。

　　有时候没事，读书到深夜，我也会学着妈妈的方法，熬一碗冰糖芋泥，温暖犹在，但味道已大不如前了。我想，冰糖芋泥对我，不只是一种食物，而是一种感觉，是冬夜里的暖意。

　　成长在台湾光复后几年的孩子，对番薯和芋头这两种食物，相信记忆都非常深刻。早年在乡下，白米饭对我们来讲是一种奢想，三餐时，饭锅里的米饭和番薯永远是不成比例的，有时早上喝到一碗未掺番薯的白粥，就会高兴半天。

　　生活在那种景况中的孩子只有自求多福，但最难为的恐怕是妈妈，因为她时刻都在想如何为那简单贫乏的食物设计一些新的花样，让我们不感到厌倦，并增加我们的生活趣味。我至今最怀念的是母亲费尽心机在食物上所创造的匠心和巧意。

打从我刚学会走路的时候，就经常在午后的空闲里，随着母亲到田中采摘野菜，她能分辨出什么野菜可以食用，且加以最可口的配方。譬如有一道菜叫"乌荸菜"的，母亲采下那最嫩的芽，用太白粉烧汤，那又浓又香的汤汁我到今天还不敢稍稍忘记。

即使是番薯的叶子，摘回来后剥皮去丝，不管是火炒，还是清煮，都有特别的翠意。

如果遇到雨后，母亲就拿把铲子和竹篮，到竹林中去挖掘那些刚要冒出头来的竹笋。竹林中阴湿的地方常生长着一种可食用的蕈类，是银灰而带点褐色的。母亲称为"鸡肉丝菇"，炒起来的味道真是如同鸡肉丝一样。

就是乡间随意生长的青凤梨，母亲都有办法变出几道不同的菜式。

母亲是那种做菜时常常有灵感的人，可是遇到我们几乎天天都要食用、等于是主食的番薯和芋头则不免头痛。将番薯和芋头加在米饭里蒸煮是很容易的，可是如果天天吃着这样的食物，恐怕脾气再好的孩子都要哭丧着脸。

在我们家，番薯和芋头都是长年不缺的，番薯种在离溪河不远处的沙地，纵在最困苦的年代，也会繁茂地生长，取之不尽，食之不绝。芋头则种在田野沟渠的旁边，果实硕大坚硬，也是四季不缺。

我常看到母亲对着用整布袋装回来的番薯和芋头发愁，然后她开始在发愁中创造，企图用最平凡的食物，来做最不平凡的菜肴，让我们整天吃这两种东西不感到烦腻。

母亲当然把最好的部分留下来掺在饭里，其他的，她则小心翼翼地将之切成薄片，用糖、面粉，和我们自己生产的鸡蛋打成糊状，薄片沾着粉糊下到油锅里炸，到呈金黄色的时刻捞起，然后用一个大的铁罐盛装，就成为我们日常食用的饼干。由于母亲故意宝爱着那些饼干，我们吃的时候是用分配的，所以就觉得格外好吃。

即使是番薯有那么多，母亲也不准我们随便取用，她常谈起日据时代空袭的一段岁月，说番薯也和米饭一样重要。那时我们家还用烧木柴的大灶，下面是排气孔，烧剩的火灰落到气孔中还有温热，我们最喜欢把小的红心番薯放在孔中让火烬焖熟，剥开来真是香气扑鼻。母亲不许我们这样做，只有得到奖赏的孩子才有那种特权。

记得我每次考了第一名，或拿奖状回家时，母亲就特准我在灶下焖两个红心番薯以作为奖励；我从灶里探出焖熟的番薯，心中那种荣耀的感觉，真不亚于在学校的讲台上领奖状，番薯吃起来也就特别有味。我们家是个大家庭，我有十四个堂兄弟，四个堂姊，伯父母都是早年去世，由母亲主理家政，到今天，我们都还记得领到两个红心番薯是一个多么隆重的奖品。

番薯不只用来做饭、做饼、做奖品，还能与东坡肉同卤，还能清蒸，母亲总是每隔几日就变一种花样。夏夜里，我们做完功课，最期待的点心是，母亲把番薯切成一寸见方，和凤梨一起煮成的甜汤；酸甜兼具，颇可以象征我们当日的生活。

芋头的地位似乎不像番薯那么重要，但是母亲的一道芋梗做成的菜肴，几乎无以形容；有一回我在台北天津卫吃到一道红烧茄子，险险落下泪来，因为这道北方的菜肴，它的味道竟和廿几年前南方贫苦的乡下，母亲做的芋梗极其相似。本来挖了芋头，梗和叶都要丢弃的，母亲却不舍，于是芋梗做了盘中飧，芋叶则用来给我们上学做饭包。

芋头孤傲的脾气和它流露的强烈气味是一样的，它充满了敏感，几乎和别的食物无法相容。削芋头的时候要戴手套，因为它会让皮肤麻痒，它的这种坏脾气使它不能取代番薯，永远是个二副，当不了船长。

我们在过年过节时，能吃到丰盛的晚餐，其中不可少的一样是芋头排骨汤。我想全天下，没有比芋头和排骨更好的配合了，唯一能相提并

论的是莲藕排骨，但一浓一淡，风味各殊，人在贫苦的时候，毋宁是更喜爱浓烈的味道。母亲在红烧鲢鱼头时，炖烂的芋头和鱼头相得益彰，恐怕也是天下无双。

最不能忘记的是我们在冬夜里吃冰糖芋泥的经验，母亲把煮熟的芋头捣烂，和着冰糖同熬，熬成迹近晶蓝的颜色，放在大灶上。就等着我们做完功课，给检查过以后，可以自己到灶上舀一碗热腾腾的芋泥，围在灶边吃。每当知道母亲做了冰糖芋泥，我们一回家便赶着做功课，期待着灶上的一碗点心。

冰糖芋泥只能慢慢地品尝，就是在最冷的冬夜，它也每一口都是滚烫的。我们一大群兄弟姊妹站立着围在灶边，细细享受母亲精制的芋泥，嬉嬉闹闹，吃完后才满足地回房就寝。

二十几年时光的流转，兄弟姊妹都因成长而星散了，连老家都因盖了新屋而消失无踪，有时候想在大灶边吃一碗冰糖芋泥都已成了奢想。天天吃白米饭，使我想起那段用番薯和芋头堆积起来的成长岁月，想吃去年腌制的萝卜干吗？想吃雨后的油焖笋尖吗？想吃灰烬里的红心番薯吗？想吃冬夜里的冰糖芋泥吗？有时想得不得了，心中徒增一片惆怅，即使真能再制，即使母亲还同样的刻苦，味道总是不如从前了。

我成长的环境是艰困的，因为有母亲的爱，那艰困竟都化成甜美，母亲的爱就表达在那些看起来微不足道的食物里面；一碗冰糖芋泥其实没有什么，但即使看不到芋头，吃在口中，可以简单地分辨出那不是别的东西，而是一种无私的爱，无私的爱在困苦中是最坚强的。它纵然研磨成泥，但每一口都是滚烫的，是甜美的，在我们最初的血管里奔流。

在寒流来袭的台北灯下，我时常想到，如果幼年时代没有吃过母亲的冰糖芋泥，那么我的童年记忆就完全失色了。

我如今能保持乡下孩子恬淡的本性，常能在面对一袋袋知识的番薯和芋头，知所取舍变化，创造出最好的样式，在烦闷发愁时不失去向前的信心，我确信和我童年的生活有着密切的关系。因为母亲的影子在我心里最深刻的角落，永远推动着我。

散步去吃猪眼睛

不久前，在家附近的路上散步，发现转来转去的一条小巷尽头，新开张了一家灯火微明的小摊，那对摊主夫妇，就像我们在任何巷子任何小摊上见到的主人一样，中年发福的身躯，满满的善意微笑堆在胖盈盈的脸上，热情地招呼着往来过路的客人。

摊子上卖的食物也极平常，米粉汤、臭豆腐、担仔面、海带卤蛋猪头皮，甚至还有红露酒，以及米酒加保力达P，是那种随时随意小吃细酌的地方，我坐下来，叫了一些小菜一杯酒，才发现这个小摊子上还卖猪眼睛、猪肺、猪肝连——这三样东西让我很震惊，因为它们关联了我童年的一段记忆。

我便就着四十烛光的小灯，喝着米酒，吃着那几种平凡而卑微的小菜，想起小菜内埋藏的辛酸滋味。

童年的时候家住在偏远的乡下，家不远处有一个小小的市场，市场口不知道什么时候就成了个去吃点心宵夜的摊子，哥哥和我经常到市场口去玩，去看热闹，去看那些蹲踞在长板凳条上吃宵夜的乡人，我们总是咽着口水，站在远远的地方看着。对于经常吃番薯拌饭的乡下穷孩子，吃宵夜仿佛是一个相当遥远的梦想。有时候站得太近了，哥哥总会紧紧拉着我的手，匆匆从市场口离开。

后来，哥哥想了一个办法，每在星期假日就携着我的手到家后面的小溪摸蛤。那条宁静轻浅的小溪生产着数量丰富的蛤仔、泥鳅和鱼虾。我们找来一个旧畚箕，溯着溪流而上，一段一段地清理溪中的蛤仔，常常忙到太阳西下，就能摸到几斤重的蛤仔，我们把蛤仔批售给在市场里摆海鲜摊位的"蚵仔伯"，换来一些零散的角子，我们把那些钱全瞒着爸妈存在锯空的竹筒里。

秋天的时候，我们就爬到山上去捡蝉壳，透明的蝉壳粘挂在野生的相思树上，有时候挂得累累的像初生不久的葡萄；有时候我们也抓蜈蚣、蛤蟆，全部集中起来卖给街市里的中药铺，据说蝉壳、蜈蚣、蛤蟆都可以用来做中药，治那些患有皮肤病的人。

有时我们跑到更远的地方，去捡到处散置的破铜烂铁，以一斤五毛钱的价格卖给收旧货的摊子。

春天是我们收入最丰盛的时间，稻禾初长的时候，我们沿着田沟插竹枝，竹子上用钓钩钩住小青蛙，第二天清晨就去收那些被钩在竹枝上的田蛙，然后提到市场去叫卖；稻子长成收割了，我们则和一群孩童到稻田中拾穗仔，那些被农人遗落在田里的稻穗，是任何人都可以去捡拾的，还有专门收购这些稻穗的人。

甘蔗收成完了，我们就到蔗田捕田鼠，把田鼠卖给煮野味的小店，或者是灌香肠的贩子。后来我们有了一点钱，哥哥带我去买一张捕雀子的网，就挂在稻田的旁边，捕捉进网的小麻雀，运气好的话还可以捉到野斑鸠或失群的鸽子。

我们那些一点一滴的收入全变成角子，偷偷地放置在我们共有的竹

筒里，竹筒的钱愈积愈多，我们时常摇动竹筒，听着银钱在里面喧哗的响声，高兴得夜里都难以入眠。

哥哥终于做了一个重大决定，说："我们到市场口去吃宵夜。"我们商量一阵，把日期定在布袋戏大侠一江山到市场口公演的那一天，日子到的时候，我们剖开竹筒，铜板们像不能控制的潮水哗啦啦散了一地，差一点没有高声欢呼起来，哥哥捧着一堆铜板告诉我："这些钱我们可以吃很多宵夜了。"

我们各揣了一口袋的铜板到市场口，决定好好大吃一顿，挤在人丛里看大侠一江山，心却早就飞到卖小吃的地方了。

戏演完了，我们学着乡人的样子，把两只脚踩蹲在长条凳上，各叫一碗米粉汤，然后就不知道要吃什么才好，又舍不得花钱，憋了很久，哥哥才颤颤地问："什么肉是最便宜的？"胖胖的老板娘说："猪眼睛、猪肺、猪肝连都很便宜。"

"各来两块钱吧！"我和哥哥异口同声地说。

那天夜里我们吹着口哨回家——我们终于吃过宵夜了，虽然那要花掉我们一个月辛苦工作的成绩。猪眼睛、猪肺、猪肝连都是一般人不吃的东西，我们却觉得有说不出的美味，那种滋味恐怕也说不清楚，大概是我们吃着自己血汗付出的代价吧！

后来我们每当工作了一段时间，哥哥就会说："我们去吃猪眼睛吧！"我们就携着手走出家门前幽长的巷子，有很好的兴致在乡道上散步，我们会停下来看光辉闪照的月亮，会充满喜乐地辨认北极星的方位，觉得人生的一切真是美好，连噪呱的蛙鸣都好听——没有特别的原因，只是因为我们要散步去吃猪眼睛。

有一次我们存了一点钱，就想到戏院里看正在上映的电影，看电影对我们也是一种奢侈，平常我们都是去捡戏尾仔，或者在戏院门口央求大人带我们进去，这一次我们终于可以用自己赚来的钱去看电影了。

到电影院门口，我们才知道看一场电影竟要一块半，而我们身上只有两块钱，哥哥买了一张票，说："你进去看吧，我在外面等你，你出来后再告诉我演些什么。"我说："哥，还是你进去看，你脑子好，出来再说故事给我听。"两人争执半天，我拗不过哥哥，进去看那场电影，演的是日本电影《黄金孔雀城》，那是个热闹的电影，可是我怎么也看不下去，只是惦记着坐在戏院外面台阶上的哥哥，想到为什么我们不能一起坐着看电影呢？

电影没看完我就跑出来，看到哥哥冷清的背影，支着肘不知在想什么事情，戏院外不知何时下起细雨来的，雨丝飘飘地淋在哥哥理光的头颅上。

"戏演完了？"哥哥看到我的时候说。

我摇摇头。

"这个戏怎么这样短，别人为什么都没有出来？"

我又摇摇头。

"演些什么？好不好看？"

我忍着一泡泪，再摇摇头。

"你怎么搞的嘛？戏到底演些什么？"哥哥着急地询问着。

"哥哥……"我忍不住号啕大哭起来，一句话也说不清楚。我们就相拥着在戏院门口的微雨中哭泣起来，哭了半天，哥哥说："下次不要再花钱看电影了，还是去吃猪眼睛好。"我们就在雨里散步走回家，路过市场口，都禁不住停下来看着那个卖猪眼睛的摊子。

经过这么多年，我完全记不得第一次自己花钱看的电影演些什么，然而哥哥穿着小学卡其制服，理得光光的头颅，淋着雨冷清清的背影却永不能忘，愈是冲刷愈有光泽。

自从发现住家附近有了卖猪眼睛的摊子，我就时常带着妻子去吃猪眼睛，并和她一起回忆我那虽然辛苦却色泽丰富的童年，我们时常无言地散步，沿着幽黯的巷子走到尽头去吃猪眼睛，仿佛一口口吃着自己的童年。

每当我工作辛苦，感到无法排遣的时候，就在散步去吃猪眼睛的路上，我会想起在溪流中、在山林上、在稻田里的我最初的劳动，并且想起我敬爱的哥哥童年时代坐在戏院门口等我的背影。这些旧事使我充满了力量，觉得人生大致上还是美好的，即使猪眼睛也有说不出的美味。

阅读故乡的一百个方法

　　故乡旗山一些热衷文化的朋友告诉我，他们正想尽各种办法要寻找有关故乡的老照片，将来在旗山小学的礼堂办一次大展览，并且最好可以出版成书，让镇民们都能看到百年来自己故乡的发展。

　　这个构想是由旗山地方报《蕉城月刊》主编江明树，和"蕉城画会"的林峰吉、林慧卿提出的，动机有几个：一是台湾乡村长久以来人口流失严重，年轻人都向往着到都市讨生活，不知道自己的故乡其实是很美的，以旗山来说，至少可以找到一百个以上美不胜收的地方。二是文化历史的保存，旗山地区从清朝以来就很繁荣，留下了许多古迹，这些古迹在时代的改变中纷纷被拆除，我们应该把尚存的记录下来，把已毁坏的原貌展现给大家知道。

　　在闲聊中，我就提出一个建议，何不征求一百张老照片，然后在老照片的同一个地方、同一个角度，拍一张现在的彩色照片，加一些说明，这样可以加强它的社会性和经济性，看清楚一个小镇是如何变迁的。

心直口快的江明树就说:"那么,书名可以叫做《日落旗山镇》或《没落的旗山镇》了。"明树兄是非常热情的人,他时常为小镇的人才没落、文化凋零而感到郁卒。

林峰吉插嘴说:"那不行,咱凭良心讲,在某方面来说,旗山还是很不错的,并不一定只有旧的东西才好。像从前妈祖庙口都是摊贩和违章建筑,现在都拆干净了,多么棒,现在还是有比以前清爽的所在。"峰吉兄是"蕉城画会"的健将,美术系毕业,他多年来的志向就是要用笔表现旗山的美,在他笔下的故乡旗山优美无比,看了往往令人震动不已。

"峰吉兄这样讲也有理,"林慧卿说,"我们除了怀旧,也要展望,让大家知道我们旗山也是很有发展的。最好是旧照片也美,新照片也美。"慧卿兄是我初中的同学,他也是立志要画旗山的画家,不过,他的画风没有像峰吉那么甜美,而是非常纠结苦闷,与他本人温文尔雅形成很强的对比,我在看他的画时,总感觉他在内心深处有一块不为人知的、敏感而忧郁的角落。

"你的意见怎么样?"他们问我。

我想,对于故乡,那是不可取代的,我们做这件事,一定要自己真正出自爱故乡,并且希望大家也都来爱自己的故乡。爱故乡是没有问题的,但是很多人不知道故乡美在何处,或只知道三五处。如果能找出一百处,那真的是太棒了。

我说:"这本书应该叫做《阅读故乡的一百个方法》,或叫做《阅读旗山的一百个方法》,我们把一百个旗山最美的场景找出来,分头去找老照片,然后找旗山土生土长的摄影家从老照片的角度去拍一张,这样就会做出一本很有趣的书了。"

大家听了都很开心,表示同意,要立即着手去进行。这时,欧雪贞小姐来了，欧小姐是我旗山小学的学妹，现在定居在美国乡间，回来过暑假，听说大家有"大事商议"，特地来参加。

我们把刚刚的谈话转述了一次，如此如此，这般这般，请她表达一点意见。她说："如果比清洁、卫生、美丽、芳草鲜美，我们旗山是绝对比不上美国的乡间小镇的，但是每年一到放假，我就急着要回来，因为感情是不可取代的，并且每次回来，就看到故乡一些美好的事物，是以前所看不到的。"

故乡的美应该是可确定的，老辈的人常说"落叶归根"，那不是说回故乡度晚年等死的意思，而是莫忘本，每一片落叶都不忘记自己的本来之处。落叶犹且如此，树上的新芽当然更不应该忘了。

主意既定，去何处找老照片呢？大家七嘴八舌地想到，小学、中学、镇公所、地政事务所、糖厂、杉林管理处、邮局等等，相信这些地方的资料室一定有许多老照片。然后，明树兄还表示要做地毯式的搜索，挨家挨户请大家提供老照片出来，等老照片完整，要拍新的照片就容易了。

正当我们热烈讨论的时候，突然听到有人高叫我的名字，因为慧卿兄家的电话和门铃都坏了，出去开门，原来是大哥跑来找我，他满头大汗、气急败坏的样子使我们大吃一惊。

原来这时已经是半夜一点了，大哥的女儿和我的儿子相约出来找我回去，尚未回家，大哥的车子被我开走了，他只好步行小路前来，才会满头大汗，他着急地说："有没有看到士琦和亮言？"

这下轮到我着急了，立刻把阅读故乡的一百个方法抛在脑后，和大哥开车满街找孩子，找到一点半才颓然而返，这时乡间显得分外的宁静和清冷。

回家告诉妈妈孩子走失了。

妈妈虽然心焦，依然老神在在，说："他们都知道路，小孩子腿慢,再等一下就会回来了。"

果然,没过多久就听见敲门声,两个小朋友欢天喜地地回来了,说是乡间半夜的萤火虫好美,满田满树的。幸好有月光照着小路,他们才可以沿着月光走回家。那铁路旁高大的芒果树是黑夜的地标,使他们知道家的方向。

此时凌晨两点,我和哥哥都松了一口气,不过还是装模作样地叫两个小子去罚跪,半夜十二点还跑出去,是太无规矩了。

没多久,又听见他们的笑声,原来是被祖母解救了,怪不得儿子常说:"阿妈是我们的救命恩人。"

我坐在书桌前想把阅读故乡的一百个方法企划写出来,现在可以说有一百零一个方法了,就是在乡下,孩子走失了,不会像城市那么担心。

满天都是小星星

　　夜晚沿着仁爱路的红砖道散步，正是春夜晴好。仁爱路上盛放着橙色的木棉花，叶已全数落尽，木棉树的枝桠呈着接近黑的褐色，仿佛已经干去一般，它唯一还证明自己活着的，是那些有强硬花瓣的、在夜风中微微抖动的花朵。

　　到了二段以后，木棉少了，只有安全岛上的椰子树孤单而高傲地探触着天空一角。不知道为什么，我总觉得城市里的木棉与椰子树是兄弟一样的品种，不开花的时候，往往使我们忘记它的存在，但是它们却一年年活了下来，互相看守道路，在寂寞的时候互相对应。

　　有时我追索着为什么把它们当成相同的品种，是因为长久的观察，使我知道，在都市的木棉与椰子是永不结果的。如果在我的故乡，春末的木棉花开过后并不掉落，它们在树上结成棉果，熟透之后就在树上爆裂，木棉的棉絮如冬天第一场细雪，随风飘落。每一片乳白的木棉絮都连着一粒黑色的种子，随风落处只要是有土的所在，第二年就长出木棉树的嫩芽。所以我们常会在水田中看到一株孤零零的木棉耸立,那可能是几里外另一株木棉飘过来的种子。

到了夏天,是椰子结实的时候,那时椰子纷纷"放花"完成,饱满青苍色的椰子好像用超重机高高地升到树顶上。但是收采椰子的时候,农人常常留下几颗最强壮的椰子做种,等到椰子内部长成实心的时候才采收下来,埋在地下,不久就长芽抽放;如果将它放在大盆子里,每天浇点清水,椰子也照样的发芽,然后运送到城市,成为充满绿意的盆栽。

记得我故乡的小学,沿着低矮的围墙就种满了椰子树,门口的两株长得格外高大,那椰子树是父亲读小学时就有的,后来我才知道整个校园的椰子树全是由门口的两株传种,一个校园的上百株椰子树事实上是一个庞大的家族,有着血亲的关系。每次想到那一群椰子,都给我一种莫名的感动。

如今在仁爱路上的椰子,不要说结实传种,它们甚至是不开花的,只有站在安全岛的一角,默默倾听路过的车声。

过了临沂街右转,就走进铜山街的巷子,走进了我生命中的一段历史。

十几年前我初到台北,虽然心中有着向新环境开拓的想法,但从偏远的乡间突然进入这样的大城,不免有一种惶惑和即将迷失的恐惧。我从台北车站小心翼翼地坐上零南公车,特别交代车掌小姐在临沂街口让我下车,我坐在车掌身后的位子上,张皇地看着窗外的景物,直到看见了仁爱路上的椰子和木棉才稍稍放松心情。

公车到站的时候,就读小学三年级的大侄女,在站牌上等我,带我到堂哥家里。堂哥当时住在铜山街三十三巷一号,是一个两百坪的日式平房,屋前的庭园种了正在盛开的花草,门口的两边各种了一株数丈高的椰子树,那时正结满了椰子。屋后的院子是水泥地,让小孩子玩耍。

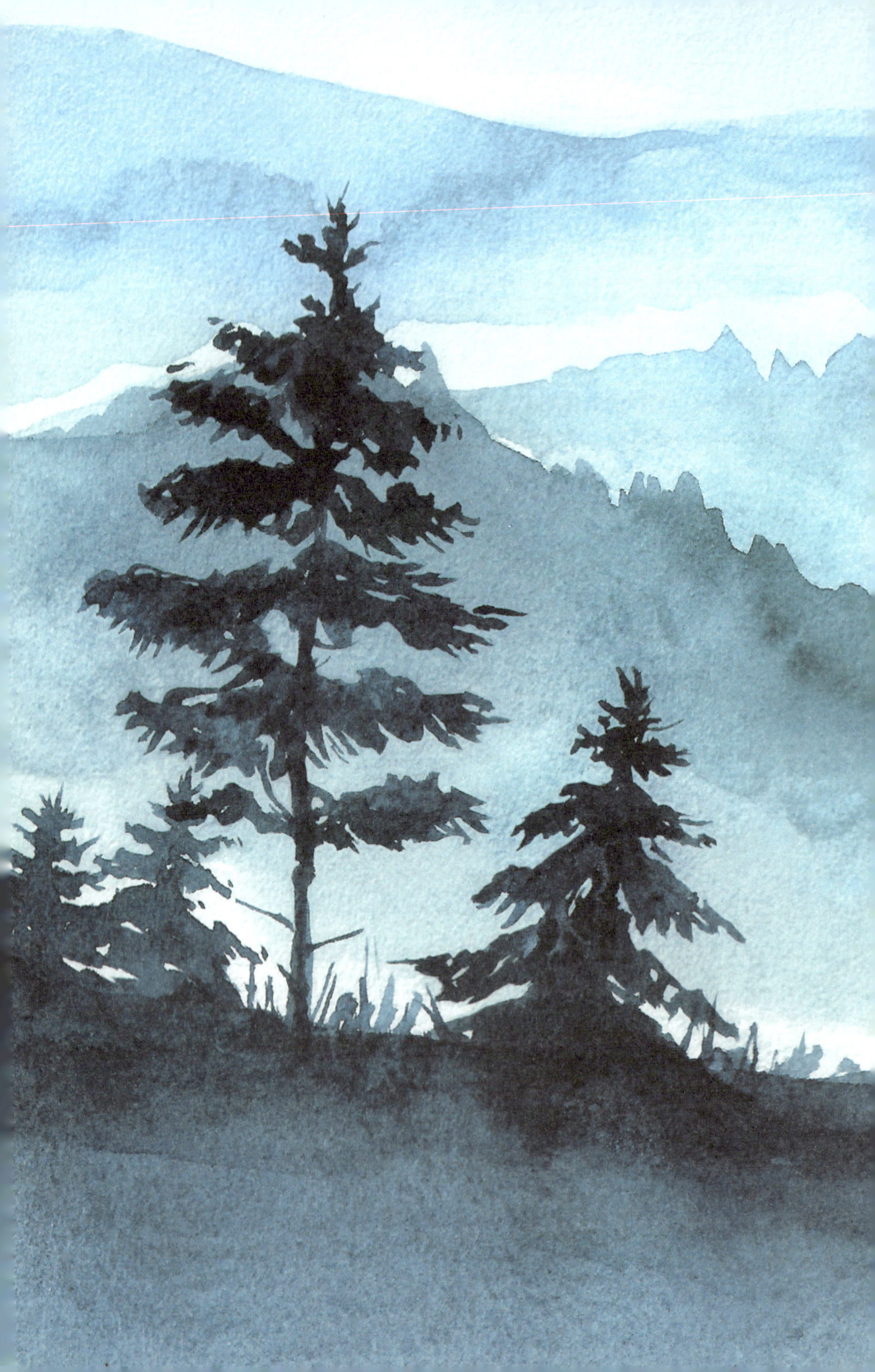

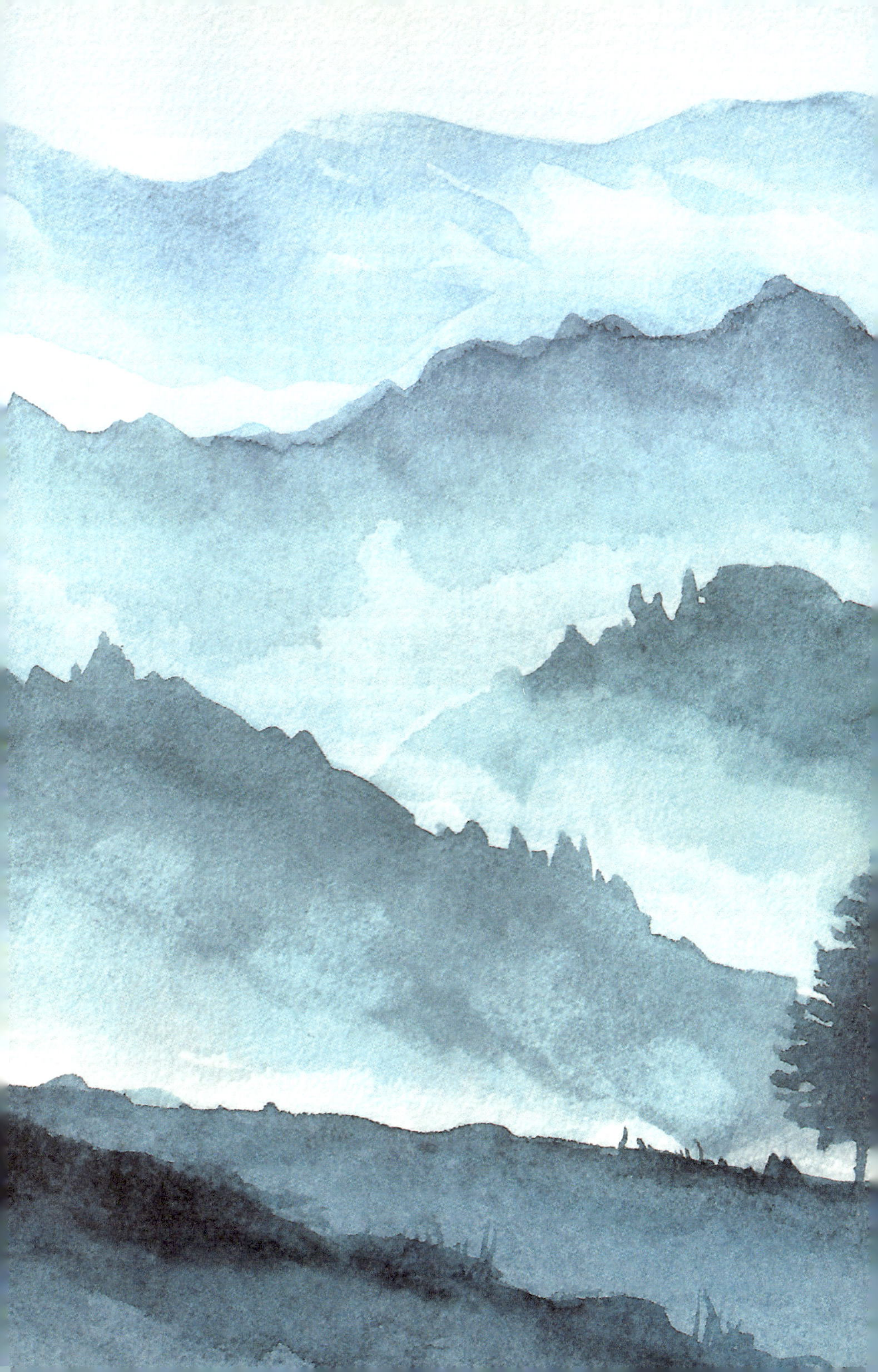

初到台北时寄住在堂哥家里，他让我住在庭园边的小房间，每天从窗口都能看见那两株高大到几乎难以攀爬的椰子树。那时的堂哥正当盛年，意气十分风发，拥有一家规模极大的石棉工厂，和一家中型的水泥厂，他曾在故乡担任过一届县议员两届省议员，是普遍受到尊敬的。我非常敬爱他，虽然我们年龄相差很大，观念也不太能沟通，甚至在家里也很少交谈，但是我每天看他清晨在园中浇水，然后爱惜地抚摸椰子树干，心里就充满了感动。

有一次我们坐在一起听音乐，同时看着窗外，目光不约而同落在椰子树上，堂哥的脸上突然流过孩子一般天真的笑容，对我说："你看，这椰子是不是长得和家乡种的一样好？有人说台北的椰子不结果，我种的一年可以生一百多粒呢！"我点头表示同意，他随即感喟地说："可惜这椰子长得太瘦了，没有我们家的强壮。"

接着我们沉默起来，让黄昏逐渐退去，黑暗慢慢地流进来。

我找到过去住的铜山街，门牌的号码早就更换了，堂哥的房子被铲平，盖成一栋七层的大楼，不要说椰子树，连一朵花都看不见了。

我在堂哥家住了一年，直到我考上郊区的学校才搬走。接着是台北一次空前的经济低潮，堂哥的事业纷纷因负债而被拍卖，甚至连住的房子都保不住。房子要卖之前我去看他，他仍像往常一样乐观，反过来安慰我："难不成我回家种田就是了。只是这两丛椰子砍掉，实在可惜。"

那一次卖房子对堂哥的打击很大，他的身子没有以前健朗，加上租屋居住，时常搬家，使他的性格也变得忧郁了。他把最后的积蓄投资建筑业，奋力一搏，没想到遭逢建筑业不景气，反而使他一病不起。

他过世的前几天，我到医院看他，他从沉沉的午睡中惊醒，那时他的耳朵重听，身体已不能动了，说话十分吃力，看到我却笑了一下，我俯身听他说话，他竟说："我刚刚做了一个梦，梦见乡下的粉肠和红糟肉，你小时候我带你去吃过的，真是好吃。"说完，失神的眼睛仿佛转回了故乡那一担以卖粉肠和红糟肉闻名的小摊。

第二天，我带粉肠和红糟肉给他吃，他只各吃了一口，就流下泪来，把东西放在病床一角，微弱地说："真是不如我们乡下的呀！"他默默地流泪，一句话也不肯再说。

一个星期后，堂哥过世了。

他留下来的最后一句话是："赶快把我送回乡下去埋葬吧！墓前种两丛椰子树。"

堂哥留下四个孩子，当年在站牌等我的大侄女，如今已是大学四年级的学生，时间就这样流逝，好像清晰如昨日的事，没想到已经十几年了。

静夜里我常想起堂哥的一生，想到他和椰子树那不为人知的情感，令我悲伤莫名。或者他就是乡间移植到城市的一株椰子树，经过努力地灌溉，虽然也结果，却不免细瘦，在一整个城市与时间的流转中，默默地消失了。

我沿着铜山街，一步一步地走到底，整条街竟看不见一株椰子树，而仁爱路上的那些，是没有一株会结果的。

走出铜山街，抬头见到满天的小星星，忆起童年常唱的两句歌词："一闪一闪亮晶晶，满天都是小星星。"星星还是一样的星星，可是星星知道什么呢？星星知道人世里的一株树有时就会令人落泪吗？

我突然强烈地思念着故乡，想起故乡木棉和椰子那落地生根的力量，想起堂哥犹新的墓园，以及前面那两株栽种不久还显得娇嫩的椰子树。

等到那椰子成熟，会不会长出更多的椰子树呢？那上面，永远都会有微笑闪动光明的星星吧！

无风絮自飞

在我们家乡有一句话,叫:"菜瓜藤,肉豆须,分不清",意思是丝瓜的藤蔓与肉豆的茎须一旦纠缠在一起,是无法分辨的。

因此,像兄弟分家的时候,夫妻离婚的时候,有许多细节部分是无法处理的,老一辈的人就会说:"菜瓜藤与肉豆须,分不清呀!"还有,当一个人有很多亲戚朋友,社会关系异常复杂的时候,也可以用这一句。以及一个人在过程中纠缠不清,甚至看不清结局之际,也可以用这一句来形容。

住在都市的人很难理解到这九个字的奥妙,因为他们没有机会看到丝瓜与肉豆藤须缠绵的样子。乡下人谈到人事难以理清的真实情境,一提到这句话都会禁不住莞尔,因为丝瓜与肉豆在乡间是最平凡的植物,几乎家家都有种植。我幼年时代,院子的棚架下就种了许多丝瓜和肉豆,看到它们纠结错综,常常会令我惊异,真的是肉眼难辨,现在回想起来,感觉到现代人复杂难以理清的人际关系,确实像这两种植物藤蔓

的纠缠，想找到丝瓜与肉豆的根与果是不难的，但要在生长的过程分辨就非常困难了。

有一次我发了笨心，想要彻底地分辨两者的不同，却把丝瓜和肉豆的茎叶都扯断了。父亲看见了觉得很好笑，就对我说："即使你能分辨这两株植物又有什么意义呢？你只要在它们的根部浇水施肥，好好地照顾让它们长大，等到丝瓜和肉豆长出来，摘下来吃就好了，丝瓜和肉豆都是种来食用的，不是种来分辨的呀！"

父亲的话给我很好的启示，在人生一切关系的对应上也是如此，一个人只要站稳脚跟，努力地向上生长，有时不免和别人纠缠，又有什么要紧呢？不忘失自己立场与尊严，最后就会结出果实来，当果实结成的时候，一切的纠缠就不重要了。

另外一个启示就是自然，万事万物都有其自然的法则，依循这自然的发展，常常回头看看自己的脚跟，才是生命成长正常的态度。种什么样的因会结出什么样的果，是必然的，丝瓜虽与肉豆无法分辨，但丝瓜是丝瓜，肉豆是肉豆，这是永远不会变的，我们能做的就是让丝瓜长出好的丝瓜，让肉豆结出肥硕的肉豆！

丝瓜是依自然之序而生长结果，红花是这样红的，绿叶也是这样绿的，没有人能断绝自然而超越地活在世界，此所以禅师说："不雨花犹落，无风絮自飞。"花与絮的飞落不必因为风雨，而是它已进入了生命的时序。

日本的道元禅师到中国习禅归国后，许多人问他学到了什么，他说："我已真正领悟到眼睛是横着长，鼻子是竖着长的道理，所以我空着手回来。"

听到的人无不大笑，但是立刻他们的笑声都冻结了，因为他们之中没有人知道为何鼻子直着长而眼睛横着长，这使我们知道，禅心就是自然之心，没有经过人生庄严的历练，是无法领会其中真谛的呀！

落地生根

沙林杰的《麦田捕手》（即塞林格的《麦田里的守望者》）里突然飘下来一片东西，褐色的，从桌面上轻轻地跌在地上，没有一点声息。

我俯身捡拾，原来是一片叶子，已经没有水分，叶脉呈较深的褐色，由叶蒂往四面伸展。

最可惊的是，每一条叶脉长到叶的尽头，竟突破了叶子，长出又细又长的根须出来，数一数，一片小叶子正好长了十六条根须。我把这片叶子夹回我少年时代读的《麦田捕手》书中，惊奇地发现，那些从叶子里伸展出来的根须正好布满一整本书页的大小，在还没有突出书页的时候，它用尽了一切力气，死亡了。

那一片叶子是"落地生根"的叶子，一种最容易生存的植物。

我坐在书桌前，看着这一片早就枯死多年，而它的根须还像喘着气的叶子，努力地追想着这一片叶子进入书中的最后一段历史。

"落地生根"是乡下极易生存的植物，在我的故乡，沿着旗尾溪的河堤，从河头围到河尾，是全用巨石堆叠出来的，河堤下部用粗大的铁丝网绑了起来。由于全是石头，河堤上几乎寸草不生。

奇怪的是，在那荒瘠的河堤上，却遍生了"落地生根"，从石头的缝里，"落地生根"孤挺地撑举出来，充满浓稠汁液的绿色草茎直立地站着，没有一株是弯曲的，肥厚的叶片依着草茎一片片平稳地舒展，它的颜色不是翠绿，而是一种带着不易摧折的深深的绿色。

最美的是春天了。"落地生根"像互相约定好的，在同一个时间开出花朵，花是红色的，但有各种不同的层次，有的深红，有的橙红，有的粉红，有的淡红。花的形状非常少见，它像一整串花柱上开出数十朵，甚至数百朵的花，形状像极了长长的挂在屋檐下的风铃。

我童年的时候，天天都在河溪边游徜，累了就躺在河堤上晒太阳，那时春天遍生遍开的落地生根与它美丽而不流俗的花，常常让我注视一个下午。黄昏的时候，傍晚微凉的风从河面抚来，花轻轻地摇动起来，人躺着，好像能听到在一串风铃的花间，响动着微微的音乐，惊醒的时候才知道是河的声音，或者也不是河的声音，而是植物的内语，只有很敏感的儿童才能听见。

到夏季的时候，落地生根的花朵并不凋落，而是在茎上从红色转成深深的褐色，一粒粒小小地握紧着拳头，坚实的果实外壳与柔软的花是全然不同了。果实中就包藏着落地生根有力的种子，不论落在何处，都会长出新的草茎，即使是最贫瘠的石头缝也不例外。

除了种子，落地生根用任何方法都可以繁殖，它身上随便的一片叶子，一段草茎，只要摘下埋在土里，就会长出一株新的落地生根。即使不用种子，不用茎叶，它的根所接触到的土地，也会长成新的植物，并且每一株还有更多的茎叶与花果。

我在刚刚会玩耍的时候，就为落地生根那样强悍的生长力深深地感动了。我们常常玩的游戏，是挑选那些长得最完满的叶子，夹在书页当中，时常翻看；每回翻开，落地生根从叶脉中衍长出来的根须就比以前长了一些，有时夹了几个星期，落地生根的叶子也不枯萎，而只要把它丢在土里，它就生发萌动，成为一株全新的植物。就是它这种无以伦比的力量，使我不论走到多远，常在梦里惦念着旗尾溪畔的堤防，落地生根可以说不只长在堤防上，而成为故乡纪念的一种鲜明植物。

我手里这一片落地生根的叶子，是我在十五年前夹入《麦田捕手》这本书的。

那一年，我离开家乡到台南去求学，开始过着孤单而独立的生活。假期的时候我回家，几乎每天都到堤防去散步，看着欣欣繁长的和石头缝隙苦斗的落地生根，感觉到它们是那样脆弱，一碰触，它的茎叶就断落了，也同时理解到它们永远不死的力量，因为那断落的只要找到机会，还会在野风中生长。小小的落地生根，给我在升学的压力里，带来极大的前进的鼓励——我想，如果让我选择，我不愿意做一朵开在温室里的红色玫瑰，而宁可做一株能在石头缝也成长开花的落地生根。落地生根虽然卑微，但它的美胜过了玫瑰，而且它是无价的。

我就读的高中是在台南离海边很近的地方，土地里含着浓重的盐分，几乎是花草不生的所在，只有极少数的植物，像木麻黄、芙蓉花、酢浆草、凤凰花，还有一些不知名的野草，能在有盐分的土地活着，但大多显出营养不良的样子。

那时学校没有自来水，我们的饮水全靠几辆水车到市区运来的淡水。学校里水井抽出来的水仅供沐浴洗衣，常是黄浊的夹带着泥味，并且是咸的。我最清楚记得的是雨后的校园，被太阳晒干以后呈现一片茫茫的白，摸起来是一层白色的结晶盐，饮水与土地的贫乏，常使我在黄昏的校园漫步时，兴起大地苍茫的感叹。

有一次，我带着影响我少年时代思想的一本书——就是沙林杰的《麦田捕手》——到故乡的堤防去看落地生根，正是开花的时节。我想着："这样有生命力的植物,在充满盐分的土地上是不是能够生存呢?"我便随手摘下几片夹在书页里,坐着当天黄昏最后一班客运车赶回学校,第二天就把落地生根种在学生宿舍后面的空地上,让它长在有盐的地上,每天用有盐分的水浇灌。

落地生根的叶子仿佛带着神奇化解盐分的力量,奇迹似的存活了,长得比学校的任何一株植物还要好,在我高三那年的暑假甚至开出风铃一样美丽的花朵。我坐在那些开在角落的落地生根旁边,学校师生都不知道的地方,抓起一把带盐的泥土深深地闻嗅,感动得充满了泪水,我含着泪对自己说:"人要活得像一株落地生根,看起来这样卑微,但有生命的尊严;即使长在最贫瘠的土地,也要开出最美丽的花;在石头缝里、在盐分地带,也永远保持生存的斗志。"

我便是带着这种心情,离开了海边的学校。我在学校不算是好学生,但在心底深处却埋下了一颗有理想的种子,像一株不肯妥协的落地生根。

书页里这一片叶子,是十五年前我忘记种在学校的最后一片叶子,遗憾的是,它竟然在书里枯萎。至于它的兄弟,我至今仍然不知是否还活在男生宿舍后面那片荒芜的空地里,或者早已死去,但这些并不重要,因为它伴随那一段艰苦有压力的少年岁月,一起活在我的心中。

我今天能够做出一个坏学生最好的可能,那一条石头堤防,那一片含盐的贫瘠土地,那一株株有力的落地生根,都曾经考验过我、启示过我。

十五年前,我愿意做一株落地生根,现在仍然愿意,并且牢牢默记着自己含泪的少年誓言。

在《麦田捕手》的扉页上,我曾写下这样的几句话:

> 没有人是一个孤岛,

> 每个人都是大陆的一部分。
> 没有岛是一只孤岛，
> 每只岛都有着共同的天空。
> 没有鱼是一条孤鱼，
> 每条鱼都生活在大的海洋。
> 天下没有一片叶子是孤单的。
> 只要有土地，植物就能生长。

我把最后一片落地生根夹进书中，把书放进书架，十五年就这样过去了，而对我少年时代的怀念却从书架涌动出来，我仿佛看见一个蹲在角落的少年，流泪的、充满热望地看着自己亲手种植的植物，抬头看着广大的、有待创造的天空。

秘密的地方

在我的故乡，有一弯小河。

小河穿过山道、穿过农田、穿过开满小野花的田原。晶明的河水中是累累的卵石，石上的水迈着不整齐的小步，响着淙淙的乐声，一直走出我们的视野。

在我童年的认知里，河是没有归宿的，它的归宿远远地看，是走进了蓝天的心灵里去。

每年到了孟春，玫瑰花盛开以后，小河淙淙的乐声就变成响亮的欢歌。那时节，小河成为孩子们最快乐的去处，我们时常沿着河岸，一路闻着野花草的香气散步，有时候就跳进河里去捉鱼摸蛤，或者沿河插着竹竿钓青蛙。

如果是雨水丰沛的时候，小河低洼的地方就会形成一处处清澈的池塘，我们跳到里面去游水，等玩够了，就爬到河边的堤防上晒太阳，一直晒到夕阳从远山的凹口沉落，才穿好衣服回家。

那条河，一直是我们居住的村落人家赖以维生的所在，种稻子的人，每日清晨都要到田里巡田水，将河水引到田中；种香蕉和水果的人，也不时用马达将河水抽到干燥的土地；那些种青菜的人，更依着河边的沙地围成一畦畦的菜圃。

妇女们，有的在清晨，有的在黄昏，提着一篮篮的衣服到河边来洗涤，她们排成没有规则的行列，一边洗衣一边谈论家里的琐事，互相做着交谊，那时河的无言，就成为她们倾诉生活之苦的最好对象。

在我对家乡的记忆里，故乡永远没有旱季，那条河水也就从来没有断过，即使在最阴冷干燥的冬天，河里的水消减了，但河水仍然像蛇一样，轻快地游过田野的河岸。

我几乎每天都要走过那条河，上学的时候我和河平行着一路到学校去，游戏的时候我们差不多都在河里或河边的田地上。农忙时节，我和爸爸到田里去巡田水，或用麻绳抽动马达，看河水抽到蕉园里四散横流；黄昏时分，我也常跟母亲到河边浣衣。母亲洗衣的时候，我就一个人跑到堤防上散步，踮起脚跟，看河的尽头到底是在什么地方。

我爱极了那条河，不知道为什么，在那个封闭的小村镇里，我一注视着河，心灵就仿佛随着河水，穿过田原和市集，流到不知名的远方——我对远方一直是非常向往的。

大概是到了小学三年级的时候吧，学校要举办一次远足，促使我有了沿河岸去探险的决心。我编造一个谎言，告诉母亲我要去远足，请她为我准备饭盒；告诉老师我家里农忙，不能和学校去远足。第二天清晨，我带着饭盒从我们家不远处的河段出发，那时我看到我的同学们一路唱着歌，成一路纵队，出发前往不远处的观光名胜。

我心里知道自己的年纪尚小，实在不宜于一个人单独去远地游历，但是我盘算着，和同学去远足不外是唱歌玩游戏，一定没有沿河探险有趣，何况我知道河是不会迷失方向的，只要我沿着河走，必然也可以沿

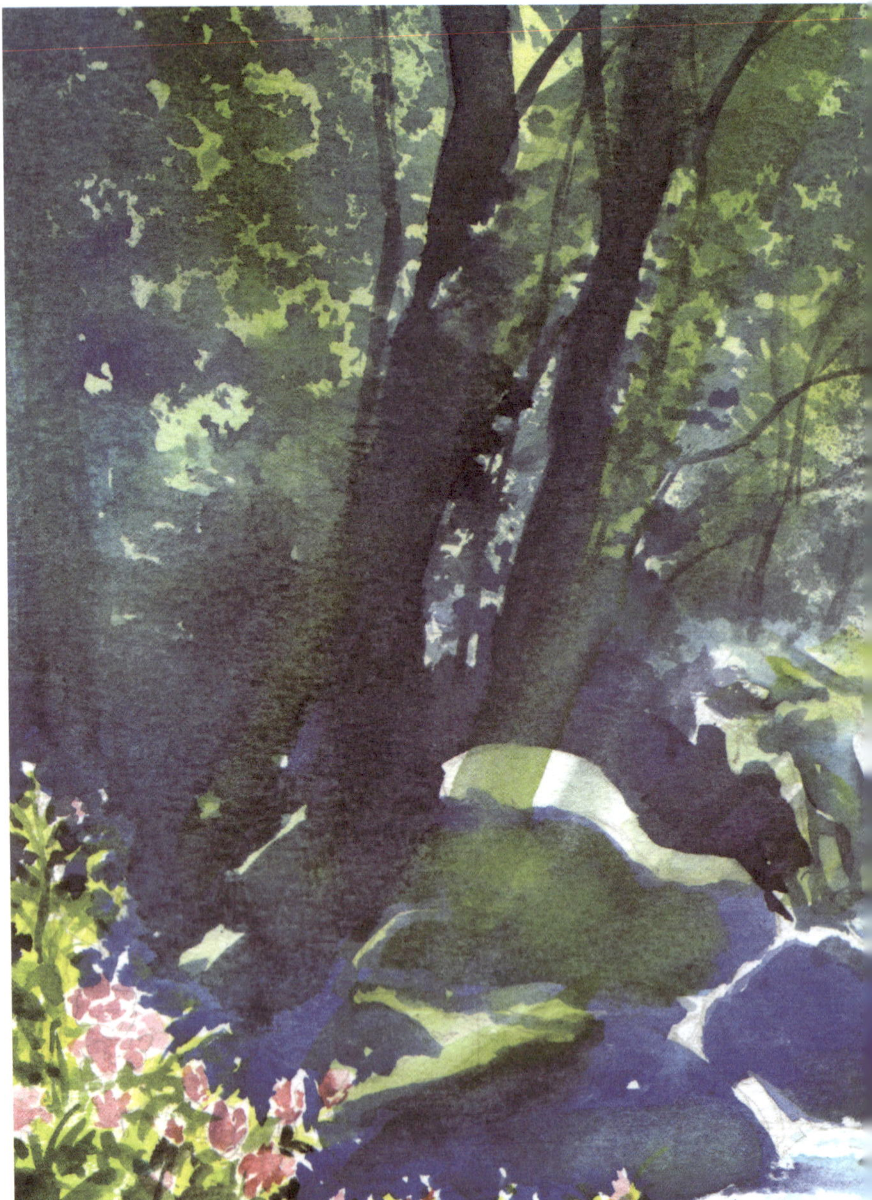

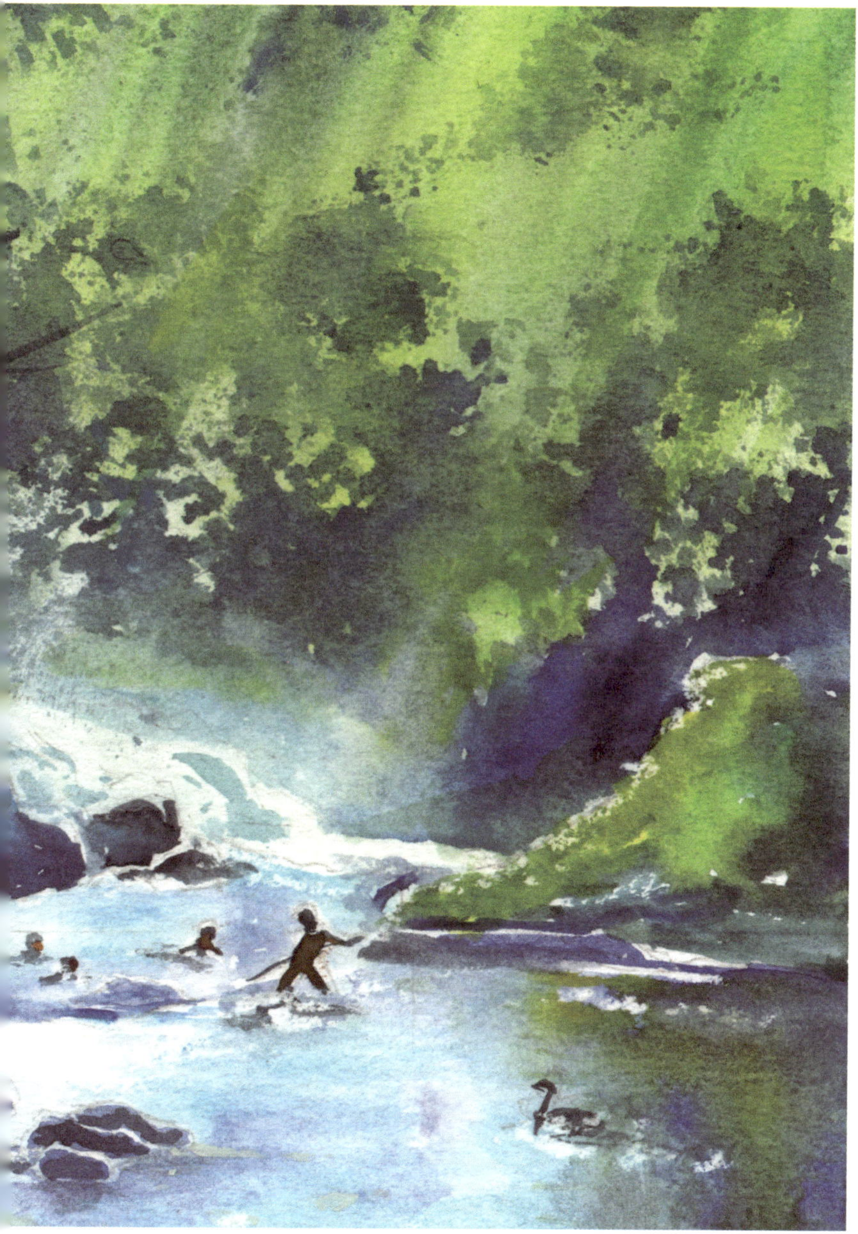

着河回来。

那一天阳光格外明亮，空气里充满了乡下田间独有的草香，河的两岸并不如我原来想象的充满荆棘，而是铺满微细的沙石；河的左岸差不多是沿着山的形势流成的，河的右岸边缘正是人们居住的平原，人的耕作从右岸一直拓展开去，左岸的山里则还是热带而充满原始气息。蒲公英和银合欢如针尖一样的种子，不时从山上飘落在河中，随河水流到远处去。我想这正是为什么不管在何处都能看到蒲公英和银合欢的原因吧！

对岸山里最多的是相思树，我是最不爱相思树的，总觉得它们树干长得畸形，低矮而丑怪，细长的树叶好像也永远没有规则，可是不管喜不喜欢，它正沿路在和我打着招呼。

我就那样一面步行，一面欣赏风景，走累了，就坐在河边休息，把双脚放泡在清凉的河水里。走不到一个小时，我就路经一个全然陌生的市镇或村落，那里的人和家乡的人打扮一样，他们戴着斗笠，卷起裤脚，好像刚刚从田里下工回来。那里的河岸也种菜，浇水的农夫看到我奇怪地走着河岸，都亲切地和我招呼，问我是不是迷失了路。我告诉他们，我正在远足，然后就走了。

再没有多久，我又进入一个新的村镇，我看到一些妇女在河旁洗衣，用力地捣着衣服，甚至连姿势都像极了我的母亲。我离开河岸，走进那个村镇，彼时我已经识字了，知道汽车站牌在什么地方，知道邮局在什么地方，我独自在陌生的市街上穿来走去。看到这村镇比我居住的地方残旧，街上跑着许多野狗，我想，如果走太远赶不及回家，坐汽车回去也是个办法。

我又再度回到河岸前行，然后我慢慢发现，这条河的右边大部分都被开垦出来了，而且那些聚落里的人民都有一种相似的气质和生活态度，他们依靠这条河生活，不断地劳作，并且群居在一起，互相依靠。我一直走到太阳往西偏斜，一共路过八个村落和城镇，觉得天色不早了，就沿着河岸回家。

因为河岸没有荫蔽，回到家我的皮肤因强烈的日炙而发烫，引得母亲一阵抱怨："学校去远足，怎么走那么远的路？"随后的几天，同学们都还在远足的兴奋情绪里絮絮交谈，只有我没有什么谈话的资料，但是我的心里有一个秘密的地方——就是那条小河，以及河两岸的生命。

后来的几年里，我经常做着这样的游戏，沿河去散步，并在抵达陌生村镇时在里面溜达嬉戏，使我在很年幼的岁月里，就知道除了我自己的家乡，还有许多陌生的广大天地，它们对我的吸引力大过于和同学们做无聊而一再重复的游戏。

日子久了，我和小河有一种秘密的情谊，在生活里受到挫败时总是跑到河边去和小河共度；在欢喜时，我也让小河分享。有时候看着那无语的流水，真能感觉到小河的沉默里有一股脉脉的生命，它不但以它的生命之水让沿岸的农民得以灌溉他们的田原，也能慰安一个成长中的孩子，让我在挫折时有一种力量，在喜悦时也有一个秘密的朋友分享。笑的时候仿佛听到河的欢唱，哭的时候也有小河陪着低吟。

　　长大以后，常常思念故乡，以及那条贯穿其中的流水，每次想起，总像保持着一个秘密，那里有温暖的光源如阳光反射出来。

　　是不是别人也和我一样，心中有一个小时候秘密的地方呢？它也许是一片空旷的平野，也许是一棵相思树下，也许是一座大庙的后院，也许是一片海滩，或者甚至是一本能同喜怒共哀乐一读再读的书册……它们宝藏着我们成长的一段岁月，里面有许多秘密是连父母兄弟都不能了解的。

　　人人都是有秘密的吧！它可能是一个地方，可能是一段爱情，可能是不能对人言的荒唐岁月，那么总要有一个倾诉的对象，像小河与我一样。

　　有一天我路过外双溪，看到一条和我故乡一样的小河，竟在那里低徊不已。我知道，我的小河时光已经远远逝去了，但是我清晰地记住那一段日子，也相信小河保有着我的秘密。

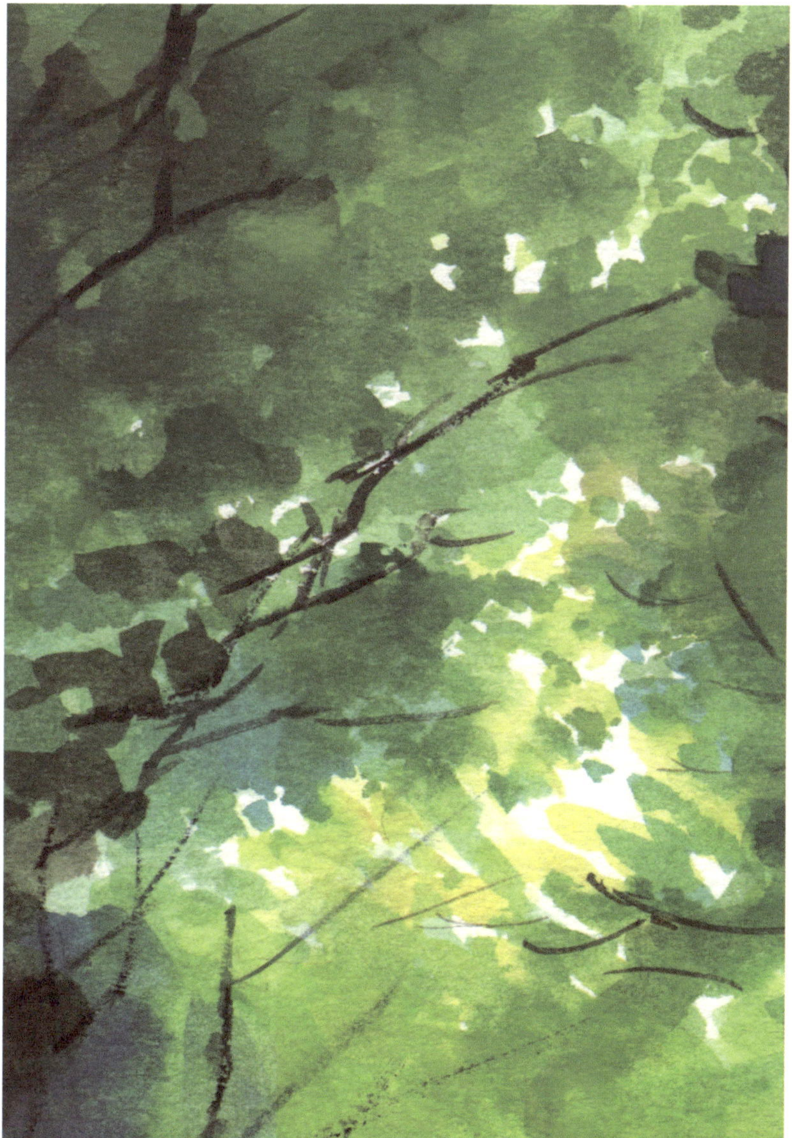

>>>>>>

我们永远太年轻,

不知道人活在这个世界上,

爱情有多少面目

PART 3

第三章

幸好人生有离别

纵使太阳和星月都冷了,

群山草木都衰尽了,

香炉的微光还在记忆的最树,

在任何可见和不可见的角落,

温暖地燃烧着。

云无心而出岫

　　你来信提到令弟秦深三度自杀未遂的事，说："秦深近日不吃不睡，也不上学了，终日望着爱荷华蓝得无云的天色出神，人瘦得像白纸一样，父母不在，我这做哥哥的实在心疼不已，他的愁病不知何时才好，为什么金石之盟一越了阳关，连烂泥都不如了？"

　　不禁使我想起半年前秦深出国的情景，那时女友无限深情地依偎着他，在他上飞机的前一刻竟在飞机场相拥痛哭，信誓旦旦地说："我等你回来，我等你回来，我一定会等你回来！"情溢于中而形于外，连我这个历经波涛万险的人都忍不住眼湿。没想到半年之间，那女孩换了男友，订婚而后结婚，仿佛霹雳电闪，无怪秦深要彻底地崩溃了。

　　情爱是什么呢？对深情的人固是重逾千金，对情薄的人则是不值一文，绝不只是出在"阳关"的问题，在清平的时代里仍不免怨偶连连，混乱的时代则犹如草木荣枯，一季之间即可使翠绿成为苍黄。

　　近几日，台北正在上映约翰·薛里辛格（John Schesinger）导演的电影《魂断梦醒》（Yanks），内容是第二次世界大战美国兵进驻英国时发生的爱情故事，有订过婚的少女爱上美国大兵的，也有儿子读中学的母亲爱上美军军官的，电影虽美，却使我感到错乱。那些英国妇女都是好女人，都有追寻情爱的勇气，对自我与爱情的价值也都有相当的认识，因此，当我们触及到"她们为什么这样轻易地爱上别人？"的问题时就不免为之迷惑了。

事实上，人是十分脆弱的，除非具有超人的大节大义，否则难免受到外来环境的激荡，也很难抗拒另一个新鲜的爱情，所有的信誓与允诺在这时都不堪一击，因此所有的责难也变得毫无意义了。我们如果了解这个时代和环境，就应该明白不能用爱情的变节与否来辨定一个人的善恶，何况，这年头，哪一个人不或多或少地接受过变节的打击，哪一个人没有经过情爱的试探、考验和锻炼？倘若简简单单地就被击倒，也就没有什么更大的希望和远景了。

记得丰子恺在他的《缘缘堂随笔》中曾写道："灯下，我推开算术演算簿，提起笔来在纸上信手涂写日间所暗诵的诗句：'春蚕到死丝方尽，蜡炬成灰………'没有写完，就拿向灯火上，烧着了纸的一角。我眼看见火势孜孜地蔓延过来，心中又忙着和个个字道别。完全变成了灰烬之后，我眼前忽然分明现出那张字纸的完全的原形；俯视地上的灰烬，又感到了暗淡的悲哀：假定现在我要再见一见一分钟以前分明存在的那张字纸的实物……是绝对不可能的事了……我只是看看那堆灰烬，想在没有区别的微尘中认识各个字的死骸找出哪一点是春字的灰，哪一点是蚕字的灰……又想像它明天朝晨被此地的仆人扫除出去，不知结果如何；倘然散入风中，不知它将分飞何处？春字的灰飞入谁家，蚕字的灰飞入谁家？……倘然混入泥土中，不知它将滋养哪几株植物？……都是渺茫不可知的千古的大疑问了。"

这一段话我极喜欢，曾经诵读再三，认为不但可以解宇宙间一切事物过去、现在、未来三世的因因果果，也可以作为爱情变异的注解。有时候前一分钟和后一分钟都渺不可知了，几年的恋情哪有可以预测的道理？

记否前年我自己的爱情变故？一星期之间，我消瘦了一公斤，头发与眉毛全部落光（始信古人"一夜白头"的信而可征），差不多到了"枯槁而死"的地步，那时每一想起则全身发颤，怒恨无边，景况绝不会比秦深好到哪里，如今想起来虽还有"曾因酒醉鞭名马，惟恐情多累美人"的惆怅，但已成为灰烬的去处，是一种奇妙的因缘，责怪的心也淡了，所谓"鹤有还巢梦，云无出岫心"，为鹤为云都没有什么对错，只是一种个人的选择而已。正如过去向慕春天的杨柳与燕子，一转眼间，秋光秋色涌来，围炉的喜悦也和杨柳燕子一样是不能比较的。

近读纳兰性德的词，有几首描写那样的心情十分贴切，且剪寄两首，一首是《塞上咏雪花》：

"明月多情应笑我，笑我如今，孤负春心，独自闲行独自吟。近来怕说当时事，结偏兰襟，月浅灯深，梦里云归何处寻？"

一首是《虞美人》：

"春情只到梨花薄，片片催零落，斜阳何事近黄昏，不道人间犹有未招魂。银笺别梦当时寄，珍重郎来意，郎今亦是梦中人，长向画图影里唤真真。"

秦深落寞的心情我是可以了解的，你从康乃狄格直飞爱荷华照顾弟弟的心情我也可以了解，我们切不可因为发生爱情变故而对情爱感到绝望，就像我们不可看到一朵出岫的云而对山失望一样，"多情终古是无情，莫问醉耶醒？"多情与无情、醉与醒都只是一念之间，酒还是要喝，情还是要多，否则，我们当年的胸怀博大岂不是要大打折扣了？

鸳鸯香炉

一对瓷器做成的鸳鸯,一只朝东,一只向西,小巧灵动,仿佛刚刚在天涯的一角交会,各自轻轻拍着羽翼,错着身,从水面无声划过。

这一对鸳鸯关在南京东路一家宝石店中金光闪烁的橱窗一角,它鲜艳的色彩比珊瑚宝石翡翠还要灿亮,但是由于它的游姿那样平和安静,竟仿若它和人间全然无涉,一直要往远方无止尽地游去。

再往内望去,宝石店里供着一个小小的神案,上书"天地君亲师"五个大字,晨香还未烧尽,烟香缭绕,我站在橱窗前不禁痴了,好像鸳鸯带领我,顺着烟香的纹路游到我童年的梦境里去。

记得我还未识字以前,祖厅神案上就摆了一对鸳鸯,是磁器做成的檀香炉,终年氤氲着一缕香烟,在厅堂里绕来绕去,檀香的气味仿佛可以勾起人沉深平和的心胸世界,即使是一个小小孩儿也被吸引得意兴飘飞。我常和兄弟们在厅堂中嬉戏,每当我跑过香炉前,闻到檀香之气,总会不自觉地出了神,呆呆看那一缕轻淡但不绝的香烟。

尤其是冬天，一缕直直飘上的烟，不仅是香，甚至也是温暖的象征。有时候一家人不说什么，夜里围坐在香炉前面，情感好像交融在炉中，并且烧出一股淡淡的香气了。它比神案上插香的炉子让我更深切感受到一种无名的温暖。

最喜欢夏日夜晚，我们围坐听老祖父说故事，祖父总是先慢条斯理地燃了那个鸳鸯香炉，然后坐在他的藤摇椅中，说起那些还流动血泪馨香的感人故事。我们依在祖父膝前张开好奇的眼眸，倾听祖先依旧动人的足音响动，愈到星空夜静，香炉的烟就直直升到屋梁，绕着屋梁飘到庭前来，一丝一丝，萤火虫都被吸引来，香烟就像点着萤火虫尾部的光亮，一盏盏微弱的灯火四散飞升，点亮了满天的向往。

有时候是秋色萧瑟，空气中有一种透明的凉，秋叶正红，鸳鸯香炉的烟柔软得似蛇一样升起，烟用小小的手推开寒凉的秋夜，推出一扇温暖的天空。从潇湘的后院看去，几乎能看见那一对鸳鸯依偎着的身影。

那一对鸳鸯香炉的造型十分奇妙，雌雄的腹部连在一起，雄的稍前，雌的在后。雌鸳鸯是铁灰一样的褐色，翅膀是绀青色，腹部是白底有褐色的浓斑，像褐色的碎花开在严冬的冰雪之上，它圆形的小头颅微缩着，斜依在雄鸳鸯的肩膀上。

雄鸳鸯和雌鸳鸯完全不同，它的头高高仰起，头上有冠，冠上是赤铜色的长毛，两边彩色斑灿的翅翼高高翘起，像一个两面夹着盾牌的武士。它的背部更是美丽，红的、绿的、黄的、白的、紫的全开在一处，仿佛春天里怒放的花园，它的红嘴是龙吐珠，黑眼是一朵黑色的玫瑰，腹部微芒的白点是满天星。

那一对相偎相依的鸳鸯，一起栖息在一片晶莹翠绿的大荷叶上。

鸳鸯香炉的腹部相通，背部各有一个小小的圆洞，当檀香的烟从它们背部冒出的时候，外表上看像是各自焚烧，事实上腹与腹间互相感应。我最常玩的一种游戏，就是在雄鸳鸯身上烧了檀香，然后把雄鸳鸯的背部盖起来，烟与香气就会从雌鸳鸯的背部升起；如果在雌鸳鸯的身上烧檀香，盖住背部，香烟则从雄鸳鸯的背上升起来；如果把两边都盖住，它们就像约好的一样，一瞬间，檀香就在腹中灭熄了。

倘若两边都不盖，只要点着一只，烟就会均匀地冒出，它们各生一缕烟，升到中途慢慢氤氲在一起，到屋顶时已经分不开了，交缠的烟在风中弯弯曲曲，如同合唱着一首有节奏的歌。

鸳鸯香炉的记忆，是我童年的最初，经过时间的洗涤愈久，形象愈是晶明，它几乎可以说是我对情感和艺术向往的最初。鸳鸯香炉不知道出于哪一位匠人之手，后来被祖父购得，它的颜色造型之美让我明白体会到中国民间艺术之美；虽是一个平凡的物件，却有一颗生动灵巧的匠人心灵在其中游动，使香炉经过百年都还是活的一般。民间艺术之美总是平凡中见真性，在平和的贞静里历百年还能给我们新的启示。

关于情感的向往，我曾问过祖父，为什么鸳鸯香炉要腹部相连？祖父说——

> 鸳鸯没有单只的，鸳鸯是中国人对夫妻的形容。夫妻就像这对香炉，表面各自独立，腹中却有一点心意相通，这种相通，在点了火的时候最容易看出来。

我家的鸳鸯香炉每日都有几次火焚的经验，每经一次燃烧，那一对鸳鸯就好像靠得更紧。我想，如果香炉在天际如烽火，火的悲壮也不足以使它们殉情，因为它们的精神和象征立于无限的视野，永远不会畏怯，在火炼中，也永不消逝。比翼鸟飞久了，总会往不同的方向飞；连理枝老了，也只好在枝桠上无聊地对答。鸳鸯香炉不同，因为有火，它们不老。

稍稍长大后，我识字了，识字以后就无法抑制自己的想象力飞奔，常常从一个字一个词句中飞腾出来,去找新的意义。"鸳鸯香炉"四字就使我想象力飞奔,觉得用"鸳鸯"比喻夫妻真是再恰当不过,"鸳"的上面是"怨","鸯"的上面是"央"。

"怨"是又恨又叹的意思,有许多抱怨的时刻,有很多无可奈何的时刻,甚至也有很多苦痛无处诉的时刻。"央"是求的意思,是诗经中说的"和铃央央"的和声,是有求有报的意思,有许多互要需要的时刻,有许多互相依赖的时刻,甚至也有很多互相怜惜求爱的时刻。

夫妻生活是一个有颜色、有生息、有动静的世界,在我的认知里,夫妻的世界几乎没有无怨无尤幸福无边的例子,因此,要在"怨"与"央"间找到平衡,才能是永世不移的鸳鸯。鸳鸯香炉的腹部相通是一道伤口,夫妻的伤口几乎只有一种药,这药就是温柔,"怨"也温柔,"央"也温柔。

所有的夫妻都曾经拥抱过、热爱过、深情过,为什么有许多到最后分飞东西,或者郁郁以终呢?爱的诺言开花了,虽然不一定结果,但是每年都开了更多的花,用来唤醒刚坠入爱河的新芽,鸳鸯香炉是一种未名的爱,不用声名,千万种爱都升自胸腹中柔柔的一缕烟。把鸳鸯从水面上提升到情感的诠释,就像鸳鸯香炉虽然沉重,它的烟却总是往上飞升,或许能给我们一些新的启示吧!

至于"香炉",我感觉所有的夫妻最后都要迈入"共守一炉香"的境界,久了就不只是爱,而是亲情。任何婚姻的最后,热情总会消退,就像宗教的热诚最后会平淡到只剩下虔敬;最后的象征是"一炉香",在空阔平朗的生活中缓缓燃烧,那升起的烟,我们逼近时可以体贴地感觉,我们站远了,还有温暖。

我曾在万华的小巷中看过一对看守寺庙的老夫妇,他们的工作很简单,就是在晨昏时上一炷香,以及打扫那一间被岁月剥蚀的小庙。我去的时候,他们总是无言,轻轻地动作,任阳光一寸一寸移到神案之前,等到他们工作完后，总是相携着手，慢慢左拐右弯地消失在小巷的尽头。

我曾在信义路附近的巷子口，看过一对捡拾破烂的中年夫妻，丈夫吃力地踩着一辆三轮板车，口中还叫着收破烂特有的语言，妻子经过每家门口，把人们弃置的空罐酒瓶、残旧书报一一丢到板车上，到巷口时，妻子跳到板车后座，熟练安稳地坐着，露出做完工作欣慰的微笑，丈夫也突然吹起口哨来了。

我曾在通化街的小面摊上，仔细地观察一对卖牛肉面的少年夫妻：丈夫总是自信地在腾腾的锅边下面条，妻子则一边招呼客人，一边清洁桌椅，一边还要蹲下腰来洗涤油污的碗碟。在卖面的空档，他们急急地共吃一碗面，妻子一径地把肉夹给丈夫，他们那样自若，那样无畏地生活着。

我也曾在南澳乡的山中，看到一对刚做完香菇烘焙工作的山地夫妻，依偎地共坐在一块大石上，谈着今年的耕耘与收成，谈着生活里最细微的事，一任顽皮的孩童丢石头把他们身后的鸟雀惊飞而浑然不觉。

我更曾在嘉义县内一个大户人家的后院里，看到一位须发俱白的老先生，爬到一棵莲雾树上摘莲雾，他年迈的妻子围着布兜站在莲雾树下接莲雾，他们的笑声那样年少，连围墙外都听得清明。他们不能说明什么，他们说明的是一炉燃烧了很久的香还会有它的温暖，那香炉的烟虽弱，却有力量，它顺着岁月之流可以飘进任何一扇敞开的门窗。每当我看到这样的景象，总是站得远远的仔细听，香炉的烟声传来，其中好像有瀑布奔流的响声，越过高山，流过大河，在我的胸腹间奔湍。如果没有这些生活平凡的动作，恐怕也难以印证情爱可以长久吧！

童年的鸳鸯香炉，经过几次家族的搬迁，已经不知流落到什么地方，或者在另一个少年家里的神案上，再要找到一个同样的香炉恐怕永不可得，但是它的造型、色泽以及在荷叶上栖息的姿势，却为时日久还是鲜锐无比。每当在情感挫折生活困顿之际，我总是循着时间的河流回到岁月深处去找那一盏鸳鸯香炉，它是情爱最美丽的一个鲜红落款，情爱画成一张重重叠叠交缠不清的水墨画，水墨最深的山中洒下一条清明的瀑布，瀑布流到无止尽地方是香炉美丽明晰的章子。

鸳鸯香炉好像暗夜中的一盏灯，使我童年对情感的认知乍见光明，在人世的幽晦中带来前进的力量，使我即使只在南京东路宝石店橱窗中，看到一对普通的鸳鸯瓷器都要怅然良久。就像坐在一个黑乎乎的房子里，第一盏点着的灯最明亮，最能感受明与暗的分野，后来即使有再多的灯，总不如第一盏那样，让我们长记不熄；坐在长廊尽处，纵使太阳和星月都冷了，群山草木都衰尽了，香炉的微光还在记忆的最初，在任何可见和不可知的角落，温暖地燃烧着。

南国

我喜欢王维一首简短的诗：

> 红豆生南国
> 春来发几枝
> 劝君多采撷
> 此物最相思

尤其喜欢这首诗里的"南国"与"相思"，南国是在什么地方呢？南国又象征了什么呢？对于写这首诗的王维，他当时是在北地还是南国？他有没有特别思念着的人呢？

相对于"南国"的是"北地"，而相对于"春来"的是"秋去"，它的意象就这样丰富了起来：在南国的人采了红豆，想到好不容易到了春天，又想到秋天的时候到北地去的人，他是不是有着相思呢？

相思？

是的，"相思"是多么高洁的意象呀！我一直认为相思是爱情中最动人的素质，相思令人甜美、引人伤怀、使人辗转、让人悲绝，古来中国的爱情中最常见的病就是"相思病"，有因相思而憔悴的，也有因相思而离开世间的。

相思就是"互相的思念"，看红豆时可以想到故人旧情，只是一种象征，事实上相思是一种心行，从心而有，心里想念着故人，就是寒夜中闪动的萤火，都像是情人寄来的灯盏呀！

在佛经里说"人惟情有"，是说投生到这世界的人，就是为了情而投生的，他们存情、执情、迷情，甚至惟情，使人因此生生世世在情里流转。这种"情有"就是"隔世的相思"，可见相思不仅能穿破空间无限的藩篱，甚至能打破时间生世的阻隔。

我们因为舍不得离开在世间曾有的情爱，再轮回时又回来和亲人情侣相会，这时就有了因缘，我们的相思使我们的因缘聚合，但在因缘尽了的时候又使我们因离别而相思。

从生死因缘的观点来看，我们若是从南国离开这个世间，那么我们为了和从前的因缘相会，就会因情爱再投生到南国去。佛经里说我们这个世界是"娑婆世界"，又说是"南阎浮提"，南阎浮提不正是我们堕入相思迷惘的南国吗？

有许多许多人，他们在面对情爱的时候，最常挂在口中的是"随缘"，也就是随着因缘流转，缘生固然是好，缘灭也不悲忧，可是随缘总有无助的味道，完全随缘，就是完全的流转，将会留下不少的憾恨。

我想，更好的态度是"惜缘"，珍惜今生的每一次会面、珍惜今生的每一次爱情，甚至珍惜每一次因缘的散灭，才使我们能相思、懂得相思，并且在相思时知道因缘的真谛，而不存有丝毫的遗憾与怨恨。

现代人最可怕的是失去了对"相思"的认识，大部分人都不能真正惜缘，使得情人间的爱都成为"露水因缘"，露水是不能隔日的，还能有什么相思呢？

让我们心情幽静地来读一次王维的诗："红豆生南国，春来发几枝，劝君多采撷，此物最相思"，我们是不是相思起南国或者北地的人呢？当我们能相思的时候，我们的心就像一面澄澈的湖水，可以照见情爱中高洁的境界。

我们的相思，可以使我们的意念如顺风的船，顺利地驶向目的地；但这种意念顺利的开拔，是不是让我们从相思里产生一些自觉呢？自觉到我们的生命所要驶去的方向，这样相思才不会因烧灼使我们堕落，且因距离而使我们清明。

无声飘落

春天的午后，无风，他们也沉默地走在笔直的大路上，不时对望一眼，一句话在喉边转动，又随着眼神逃开。

路两旁的木棉花红透了，一种夕阳将要落下的颜色。他们走到路口等红灯时，两朵硕大鲜红的木棉花突然掉落，啪嗒一声同时落地，各往两边滚开，然后静止了。他看那两朵鲜红似昔的木棉花，本来长在同一株树上，一起向春天开放，落下时却背对着背；他知道落下的木棉花再美，很快就会枯萎了。

过马路的时候，他小心牵起她的手，感觉到她手里汗水的感觉，他说：

"在我的故乡，五月的时候，木棉花都结果了，坚硬得像木头一样。六月，它们在空中爆开，棉絮像雪，往四边飞落，我经常在棉花裂开那一刹那，在空中奔跑抓棉絮，不让它落在地上，最后，大部分棉絮还是落在地上……"

说着，他回望她，不知何时她的眼睛竟红了，他捏捏她的手，说："台北的木棉树只开花而不结果，当然没有棉絮，你看过棉絮吗？"她一摇头，两串泪急速爬过脸颊，落在地上。他看着地上的泪迹，知道他们是完全不同的两种人，生活在各自不同的世界，那是从她宁可去做缎带花而不肯陪他看木棉花时就知道了，他于是在心底真心地祝福着她。

到下一个街口，他站定了，她还茫然，他说："这是这条路上最美的一株木棉，就在这里送你走吧！"她未曾移步，他抬头看那株崇高的木棉，花已经落尽，枯干似的枝桠互相对举，他感觉到落了花的木棉树，形状像是他送她的一株珊瑚，心在那一刻才抽痛起来。多年的情感如同木棉的棉絮，有非常之美，春天一过，它就裂开，四散飘飞，无声落地。

她说："我把你的订婚戒指弄丢了，不能还你。"

他说："没关系，别人送的一定更好。"

她哪里知道，那是他学生时代花一整个暑假在黎山做工赚来的，那时他走完一整条木棉大道才找到那只戒指，虽是纯金，却没有金的灿亮，颜色像是春秋战国挖出来的青铜。他从来没有对她说过做苦工的情景，他想，永远也不会说出了吧！

她说："相信我，你是我见过最好的人，再也不会有人像你这样爱我了……"她的泪又流下，他笑笑，伸手为她拦车，直到看见她在街的远处消失，才忍不住有鼻酸，往来路走回家。

回到第一个街口，看到原先两朵落下而背对的木棉花还在，他默默地捡拾起来，将两朵花套在一起，回家时放在桌上；他一夜，什么事也不做，就看着木棉一分一分地萎落。

晨曦从窗外流进来的时候，木棉花已经完全枯萎了，他想起这两朵木棉花如果在南方的故乡，会长成棉果，在四边飘飞棉絮，如果遇到肥沃的土地，会生长出新的木棉树，这些，她永远不会懂的。他眼前突然浮现她最后流泪的样子，这是多年来第一次看她流泪，他最初的爱仿佛随她的泪落在地上，才知道，她的泪原是一种结局，像春末萎落的木棉花。

苦瓜特选

　　她离去那一年，他不知道为什么就开始喜欢吃苦瓜，那时他的母亲在后园里栽种了几棵苦瓜，苦瓜累累地垂吊在竹棚子下面，经过阳光照射，翠玉一样的外表就透明了起来，清晨阳光斜照的时候，几乎可以看见苦瓜内部深红的期待成熟的种子。

　　他从未对母亲谈过自己情感的失落，原因或许是他一向认为，像母亲经过媒妁之言嫁给父亲那一代的女子，是永远也不能体会感情的奥妙。

　　母亲自然从未问起他的情感，只是以宽容的慈爱的眼睛默默地注视他的沉默。他每天自己到园子里挑一粒苦瓜，总是看见母亲在园子里浇水除草，一言不发地，有时微笑地抬头看他。

　　他摘了苦瓜转进厨房，清洗以后，就用薄刀将苦瓜切成一片一片晶明剔透，调一盘蒜泥酱油，添了一碗母亲刚熬好还热在灶上的稀饭，细细咀嚼苦瓜的滋味。

生的苦瓜冰凉爽脆，初食的时候像梨子一般，慢慢地就生出一种苦味来，那苦味在吞咽的时候，又反生出特别的甜味。这生食苦瓜的方法，原是他幼年即得到母亲的调教，只是他并未得到母亲挑选苦瓜的真传，总觉得自己挑选的苦瓜不够苦，没有滋味。

有一日，他挑了一粒苦瓜正要转出后园，看见母亲提着箩筐要摘苦瓜送到市场去卖，母亲唤住他说："你挑的苦瓜给我看看。"

他把手里的苦瓜交给母亲。

母亲微笑地从箩筐里取出一粒苦瓜，与他的苦瓜平放在一起，问说："你看这两粒苦瓜有什么不同？"

他仔细端详两粒苦瓜，却分不出它们有什么差异，母亲告诉他，好的苦瓜并不是那种洁白透明的，而是带着一种深深的绿色；而好的苦瓜表皮上的凹凸是明显的，不是那种平坦光滑的；好的苦瓜原不必巨大，而是小而结实的。然后，母亲以一种宽容的声音对他说："原来你天天吃苦瓜，并不知道如何挑选苦瓜，就像你这些日子受着失恋的煎熬，以为是人世里最苦的，那是因为你不知道还有比失恋更苦的东西。世界上没有不苦的苦瓜，就像没有不苦的恋爱，最好的苦瓜总是最苦的，但却是在最苦的时候回转出一种清凉的甘味。"

他默默听着，不知道如何回答母亲。

母亲指着他们的苦瓜园，说："在这么大的园子里，怎么能知道哪些苦瓜是最好的，是在苦里还有甘香的？如果没有经过几十年的磨炼就无法分辨。生命也正是这样的，没有人天生会分辨苦瓜的甘苦，也没有人天生就能从失败的恋爱里得到启示；我们不吃过坏的苦瓜，就不知道好的是什么滋味，我们不在情感里失败，就不太容易在人生里成功。"

他没想到母亲猜中了他的心事，低下头来，看到母亲箩筐边的纸箱写了"苦瓜特选"四个字，母亲牵起他的手，换过一粒精选的苦瓜，说："你吃吃这个，看看有什么不同？"

他坐在红木小饭桌边吃着母亲为他挑选的那粒苦瓜，细细地品味，并且咀嚼母亲方才对他说的话，才真正知道了上好的苦瓜，原来在最苦的时候有一股清淡的香气从浓苦中穿透出来，正如上好的茶、上好的咖啡、上好的酒，在舌尖是苦的，到了喉咙时才完全区别出来有一种持久的芳香。

望穿明亮的窗户，看到后园中累累的苦瓜，他在心中暗暗地想着："如果情感真像苦瓜一般，必然有苦的成分，自己总要学习如何在满园的苦瓜里找到一粒最好的，最能回甘的苦瓜。"

然后他看到母亲从苦瓜园里穿出的背影，转头对他微笑，他才知道母亲对情感的智慧，原来不是从想象来的，而是来自生活。

落菊

他路过花店的时候,被一朵黄色的菊花深深地吸引了。

在花店里,他们常把新采的菊花放在一具极为粗大的钢桶里,所有的菊花挤在一处,那样的一大丛菊花,虽然没有什么插花的艺术,却远远地就让人眼睛一亮。菊花在花店里不算是名贵的花,但由于它的长寿不易凋谢,却格外给人一种好感,因此他路过家附近的花店,总是习惯性地看看那一大桶菊花。

那一天,他远远地就看出一桶菊花的不同来,因为其中有一朵开得特别粗大,有一般菊花的三倍大,足足像一个乡下经常使用的碗公。那朵菊花虽被密密的花包围着,却仿佛有一股力量要尽量地开放出来。

他忍不住问起那位相熟的花店小姐:"这菊花怎么开这么大,是不同的品种吗?"

"是一样的吧!送来就是这样大,我以前也没有看过这么巨大的菊花,今天还是第一次看见,这一朵可能是个变种。"卖花的小姐说。

"这一朵卖不卖呢？"

"当然是卖的，放了还不是要谢掉。"

小姐告诉他桶子里的菊花每朵三块钱，那巨大的一朵也不例外。他感到意外的廉价，遂用三块钱买了那一朵巨大无比的菊花，小心翼翼地捧回家插在一具他最喜欢的翠绿玻璃花瓶里，每天读书读累了，他就呆呆地望着那一朵菊花，莫名地追索着：这是生长在哪里的菊花呢？是有什么样的土地、有什么样的环境才能突然开出如此巨大的花朵？如果说花是有灵的，这朵花的前生是什么呢？为什么要开这样大的花来炫人眼目？

他异想天开地，甚至细细地数着那一朵菊花的花瓣，数得眼睛都花了，才算清那一朵菊花一共有九十九片花瓣，他为这样奇妙的花而感动了起来，九十九这个数字，对菊花而言是象征了什么呢？他为了使那朵菊花开得长久，每天换水的时候，总把它的基部剪去一些，以便它能吸取更多的水分，菊花果然是愈开愈大，大到他那个细瘦的花瓶不胜负荷的样子。

那几日，为了回家可以看见那朵花，他总是吹着口哨回家。

有一天深夜，他很亲爱的一位朋友打电话给他，在话筒那一头呜咽地对他说："我快死了，快来救我吧！"他放下话筒，奔跑地去开了车，往朋友在郊区山上的住家驰去，为朋友的求救而感到不解。他的朋友原是个乐观的人，近几年在事业上十分得意，是朋友里少数富有的人，他虽然犹未结婚，却有一个相恋八年的女友，从学生时代就是出双入对，令人羡慕的。朋友的父母都是大学里的教师，身体还算健朗，不至于发生意外。

最不可思议的是，他的朋友一向热心于帮助别人，大家有什么事业、爱情、婚姻的问题都常向他请教，他博闻强识、见多识广、言语机智，常能把人从垂死边缘中拯救出来——这样的人需要什么帮助？为什么要向人求救呢？

他看到朋友的那一刹那，几乎呆住了。他的朋友整个人萎缩了，泪落了一脸，整个人和他的头发一样，全是松散而随时要掉落的样子。朋友看到他，紧紧地抱住他，嘤嘤地哭泣起来，像是一个孩子，朋友哭了半天，他才问："到底发生了什么事？"

"她走了，她离开我了。"朋友说完这句话后更呜咽不能成声。

然后，他在朋友的哭声中，断断续续地知道了朋友的故事。朋友相恋八年的女友刚刚向他表明了非离去不可的决心，理由非常的简单也非常坚强：她爱上了另一个男子。那个男子和她相识才短短一个月的时间。

那个男子是朋友的部属，是他公司里得力的助手，也是朋友一手提拔起来的。

那个男子几乎不能与他的朋友相比，伊没有朋友的财富，没有朋友的智慧，没有朋友的风趣，没有朋友的学位，没有朋友的能力，甚至也没有朋友长得帅气潇洒……朋友所有的优点，伊都比不上。

"为什么她会爱上伊呢？"他问。

"我也不知道，我思前想后，这八年来没有对不起她，自己也觉得在这个世界里我对她最好，我相信不可能有人会像我一样对她了。他们的认识还是在我家里我介绍的，没想到一个月的认识，就使我们八年的情感付诸流水。"朋友冷静地回想着，情绪逐渐地回复过来。

"那么她离开你去找伊，一定会有个理由的吧？"

"我问过她，希望她走之前告诉我一个理由，否则我死也不会瞑目的，你猜，她怎么说，"朋友黯淡的脸上现出一抹苦笑，"她告诉我，伊从小是个孤儿，家里有一群弟妹要照顾，伊的家中十分贫困，几乎全是半工半读完成学业，伊没有相貌、没有财富、没有家庭，什么都没有，甚至没有谈过恋爱，然后她说她离开我，我可以承受得住，因为我什么都有了,不差她一个;可是她如果拒绝伊,伊就什么都没有了——这是她坚持要离开我的理由,你说是不是很可笑?"

"你是不是真承受得住呢?"

"我怎么承受得住呢?我这么多年来的努力,全是为了她,本来我们早就该结婚了,就是因为我想给她一个更好的生活才拖到现在,现在什么都完了,我不知道怎样才能活下去?可是她竟然说我已经成功了,她无法帮助我,可是她可以帮助伊,他们可以一起成长……"

"你如果真的活不下去,真想死,就可以不要找我来了吧!"

"啊!啊!"朋友因生气而扭曲了脸孔,"我是可以死的,但是想到为一个离开我的女人而死,实在心有不甘,如果今天是她撞车死了,我就可以马上和她一起死!"

"你自己已经看破了这点,那就好办了,她走了以后你真正的感觉是什么呢?"

"我不甘心,我恨,我受屈辱,她如果找一个比我强的人去爱,我没有话说,偏偏找一个那样的人,这是最让我受伤的!"

"如果你原来爱的是一个极弱的人,那你第二次可能选择一个强的,可是你已经爱过一个很强的,是不是会想爱那个很弱的呢?你种两株花,你会先给那开得好的浇水,还是先给那萎弱的施肥呢?"

朋友沉默了起来,想了半天才说:"其实,她的离开,我虽然很悲痛,但真正受伤的不是这个,真正受伤的是我对整个感情的信念崩溃了,我对人间的情感失去了信心,经过这一次,我一定不能再有一个像以前一样的爱了。"

"所有的花,在去年凋谢的时候,都会觉得它可能永远不会再开花了,可是到了春天,它们又不自觉地开起来。"

"可是总有不会再开的花吧!"

"没有,除非它死去,如果你要死,我愿意在旁边看,你死了以后我会在你的墓碑上刻着：'这里躺着的是一个为爱殉情的人，这样的人类在这个时代已经快绝种了。'"

"你以为我不会死？"

"你真的爱离开你的女人吗？"

朋友想了一下，点点头。

"你爱她就不应该死，因为你死了你就永远没有机会看见她；则她有两种可能，一种是因为你的死痛苦一辈子，另一种是看不起你，觉得她后来的选择没有错，最坏的情况是，你的死她觉得无所谓，那么你的死是不是毫无意义呢？"

"可是，如果我不死，我要怎么过下去？伊是我的部属，我如果因为这件事把伊开除，别人会认为我没有风度，如果我继续用伊，我不是要痛苦一辈子吗？"

"假如你不是这么有风度，她也不会跑掉，你要重新开始，你的风度算什么呢？"

"这是多么可怕的事呀！你最爱的人要离开你，你却毫无能力抓住她，只是眼睁睁地看着她的背影从你的眼前消失，请她多回头看一眼也办不到。"朋友褪去了忧伤，感叹地说。

"在冬天的时候，每一棵树都希望它的叶子不要落下去，却总是眼睁睁地看叶子落光，自己要在毫无遮掩的枯枝下过冬，可是在心底保留一个希望，希望春天的时候长新的芽。朋友，爱情是有季节的，天底下没有永远的春天。我常常说爱情在人生里，好像穿了一件高贵的礼服，是那样庄严、美丽、华贵、令人向往，但没有人能一生都穿着礼服的。"

谈话的时候，朋友临窗的山水之间突然泛起了白色，天已经明亮起来了，他站起来拍拍朋友的肩膀说："你已经得救了，以后的事只有靠你自己。"

他回到家的时候，意外地发现房中的那一朵巨大的菊花，已经在一夜之间谢了，花瓣落得满桌都是。他心疼而怜惜地看着那些落了的花瓣，发现九十九瓣里面，没有一瓣掉落的方向是一样的。距离也各自不同，有的落得很远，好像被风吹过了一样。他想着：这开在同一朵花上的花瓣，落下的方向已经没有一瓣一样，何况是人呢？人间没有两个爱情故事是相同的吧！正像谢了的菊花，大部分的爱情都凋谢，却没有两个是完全相同地落在一处。

"对于爱情，我们都太年轻了，而且我们永远太年轻，不知道人活在这个世界上，爱情有多少面目。"他扫菊花时，心里这样感叹着。

情困与物困

我有一个朋友,爱玉成痴。

他不管在何时何地见到一块好玉,总是想尽办法要据为己有,偏偏又不是很富有的人,因此在收藏玉的过程中,吃了许多的苦头,有时到了节衣缩食三餐不继的地步。

有一回,他在一个古董商那里见到了一个白玉狮子,据说是汉朝的,不论玉质、雕工全是第一流的。我的朋友爱不忍释,工作也不做了,每天都跑去看那块玉,看到眼睛都发出红火,人被一团火炙热地燃烧。

他要买那块玉,古董店的老板却不卖,几经折腾,最后,牺牲了他所居住的房子,才买下了那个白玉狮子,租住在一个廉价的住宅区里。

他天天抱着白玉狮子睡觉,出门时也携带着,一遇到人就拿出来欣赏,自己单独的时候,也常常抚摸那座洁白无瑕的狮子发呆。除了这座狮子,他身上总随时带着最心爱的几件收藏,我有时候感觉到一个男子，从口袋里、腰袋间、皮包内随时掏出几块玉来，真是不可思议的事。

他玩玉到了疯狂的地步，由于愈玩愈精，就更发现好玉之难求，因为好玉难求，所以投入了全部的家当，幸好他是个单身汉，否则连老婆也会被他当了。到最后，他房子也卖了，车子也没了，工作也丢了，为什么丢掉工作呢？说来简单："我要工作三年，才能买一件上好的玉，这样的工作不做也罢了！"

朋友成为家徒四壁的人，每天陪伴他的只有玉了。后来不成了，因为玉不能吃、不能穿，只好把他最心爱的玉里等级比较差的卖给别人，每卖一件就落一次泪，说："我买的时候是几倍的价钱，现在这么便宜让给别人，别人还嫌贵。"

有一次，他租房子的房东逼着要房租，逼得急了，他一时也找不到钱，就把白玉狮子拿了出来，说："这块玉非常的名贵，先押在你这里，等我筹足了房钱，再把它赎回来。"他的房东是个老粗，对他说："俺要你这臭石头干么！万一不小心打破了还嫌烦呢！你明天找房钱来，不然我把你丢出去！"

在痴爱者眼中的白玉狮子是无可比拟的，可以用房子去换取，然而在平常百姓的眼中，它再名贵，也只是一块石头。

有一次我在台北故宫博物院看玉的展览，正好遇到了乡下的旅行团，几个乡下的欧巴桑看玉看得饶有兴味。我凑过去，发现她们正围着那个最有名的国宝"翠玉白菜"观看，以下是她们对话的传真：

"哇！真巧，雕得和真的白菜一模一样，上面还有一只肚猴呢！"

"这个刻得那么像，一个大概是值好几千块吧！"

一位看起来是权威人士的欧巴桑说："你嘛好了，不识字又兼不卫生，什么好几千，这一个一定要好几万才买得到！"

我把这个故事说给朋友听，我说："你看故宫博物院的好玉何止千万块，尤其是小品珍玩的部分，看起来就知道曾有一位爱玉的人在上面花下无数的心血，可是他死的时候不能带走一块玉，我们现在看那些玉也不能知道它曾经有过多少主人，对于玉，能够欣赏的人就算拥有了，何必一定要抱在手里呢？佛经里说'智者金石同一观'就是这个道理。"

"爱玉固然是最清雅的嗜好，但一个人爱玉成痴，和玩股票不能自拔，和沉迷于逸乐又有什么不同呢？"

朋友后来觉悟了，仍然喜欢着玉，却不再被玉所困，只是有时他拿出随身的几块玉还会感慨起来。

物固然足以困人，情更比物要厉害百倍。对于情的执迷，为情所困，就叫"痴"，痴是人世间的三毒之一（另外两毒是贪与嗔），情困到了深处，则三毒俱现，先是痴迷，而后贪爱，最后嗔恨以终。则情困是一切烦恼的根源，没有比这个更厉害的了。

被情爱所系缚，被情爱所茧结，被情爱所迷惑，被情爱所执染，几乎是人间不可避免的，但当情爱已经消失的时候，自己还系缚茧结自己，自己还迷惑执着自己，这就是真正的情困。

有一次我遇到一位中年妇女，她的朋友都已经儿女成群，可是她没有结婚，没有结婚的理由很简单，因为她忘不了二十年前的一段初恋。

她的初恋有什么不凡吗？为何她不能忘却？其实也没有，只是一个少男一个少女在学校里互相认识了，发誓要长相厮守，最后这个男的离开了，少女独自过着孤单的心灵生活，一过就是二十年。

这么普通的故事，她也说得眼泪涟涟，接着她说："不过，这些都已经是过去的事了。"

我说："在时间上，你的故事已经过去，实际上一点也没有过去，因为你的心灵还被困居在里面。到什么时候才算过去呢？就是你想起来的时候，充满了包容和宽谅，并且不为它所烦恼，那才是真正过去了。"

"做得到吗？"

"做得到的，在这个世界上为情沉溺的人固然很多，但从沉溺中走到光明岸上的人也不少。因为他们救拔了自己，不为情所困。"

我把情说成是沉溺，把救拔说成是走到光明的河岸，是有道理的。我们在祝福一对新人时，最常用的一句话是"永浴爱河"。

"爱河"的譬喻出自《华严经》，《华严经》上说："随生死流，入大爱河。"为什么说是爱河呢？由于爱欲和河一样具有三种特性：一种是容易使人沉溺，不易自拔。第二种是爱欲的心就像河水一样，能浸染入最深的地方。例如我们用铁锤击石，石头会碎裂，但不能击碎每一个分子，可是如果我们把石头丢入河里浸染，它可以湿濡石头的任何一个分子，年深日久甚至把它分解成粉末。第三种是难以渡越，不管是贩夫走卒，王公将相，都无法一步跨过河的对岸，同样的，要一步从情爱的束缚中走过也非常不易。

我想起《杂阿含经》里记载的一个故事。有一次释迦牟尼对弟子说法，他问他们："你们认为是天下四个大海的水多，还是在过去世遥远的日子里，与亲爱的人别离所流的眼泪多呢？"

释迦牟尼的意思是，从遥远的过去，一生而再生的轮回里，在人无数次的生涯中，都会遇到无数次离别的时刻，而流下数不尽的眼泪，比起来，究竟是四大海的海水多，还是人的眼泪多呢？

弟子回答说："我们常听见世尊的教化，所以知道，四个大海水量的总和，一定比不上在遥远的日子里，在无数次的生涯中，人为所爱者离别而流下的眼泪多。"

释迦牟尼非常高兴地称赞了弟子之后说："在遥远的过去中，在无数次的生涯中，一定反复不知多少次遇到过父母的死，那些眼泪累积起来，正不知有多少！在遥远的无数次生涯中，反复不知多少次遇到孩子的死,或者遇到朋友的死啊!或者遇到亲属的死啊!在每一个为所爱者的生离死别含悲而所流的眼泪,纵使以四个大海的海水,也不能相比啊!"

这是多么可叹可悲,人因为情苦与情困,不知道流下了多少宝贵的泪珠,情困如此,物困亦足以令人落泪,束缚在情与物中的人固然处境堪怜,究竟不能算是第一流人物。什么是第一流人物呢?古人说:"岭上多白云,只可自怡悦,不堪持赠君,自是第一流人物。"

第一流的人物看白云虽是至美,却不想拥有,只想心领神会,这是多么高的境界。当我们知道其实在今生今世,情如白云过隙,物是梦幻泡影,那么还有什么可以抱老以终的呢?

第一流人物犹如一株香花,我们不能说这株花是花瓣香,也不能说是花茎香;我们不能说是花蕊香,也不能说是花粉香;当然不能说是花根香,也不能说是花叶香……因为花是一个整体,当我们说花香时,是整株花的香。困于情物的人,往往只见到了自己那一株花里一小部分的香。忘失了那株花,到后来失去了自己,因此,这样的人不能说是第一流人物。

第一流的人物,不在于拥有多少物,拥有多少情,而在于能不能在旧物里找到新的启示,能不能在旧情里找到新的智慧,进出无碍。万一不幸我们正在困局里,那么想一想:如果我是一只蛹,即使我的茧是由黄金打造的,又有什么用呢?如果我是一只蝶,身上色彩缤纷,可以自在地飞翔,则即使在野地的花间,也能够快乐地生活,又哪里在乎小小的茧呢?

可叹的是,大多数人舍不得咬破那个茧,所以永远见不到真正的自我、真正的天空。

黄昏月娘要出来的时候

开车从大溪到莺歌的路上,黄昏悄悄来临了,原本澄明碧绿的山景先是被艳红的晚霞染赤,然后在山风里静静地黯淡下来,大汉溪沿岸民房的灯盏一个一个被点亮。

夏天已经到了尾声,初秋的凉风从大汉溪那头绵绵地吹送过来。

我喜欢黄昏的时候,在乡间道路上开车或散步,这时可以把速度放慢,细细品味时空的一些变化,不管是时间或空间,黄昏都是一个令人警醒的节点。在时间上,黄昏预示了一天的消失,白日在黑暗里隐遁,使我们有了被时间推迫而不能自主的悲感;在空间上,黄昏似乎使我们的空间突然缩小,我们的视野再也不能自由放怀了,那种感觉就像电影里的大远景被一下子跳接到特写一般,我们白天不在乎的广大世界,黄昏时成为片段的焦点——我们会看见橙红的落日、涌起的山岚、斑灿的彩霞、墨绿的山线、飘忽的树影,都有如定格一般。

事实上,黄昏与白天、黑夜之间并没有断绝,日与夜的空间并不因黄昏而有改变，日与夜的时间也没有断落，那么，为什么黄昏会给我们这么特别的感受呢？欢喜的人看见了黄昏的优美，苦痛的人看见了黄昏的凄凉；热恋的人在黄昏下许诺誓言，失恋的人则在黄昏时看见了光明绝望的沉落。

就像今天开车路过乡间的黄昏，坐在我车里的朋友都因为疲倦而沉沉睡去了，穿过麻竹防风林的晚风拍打着我的脸颊，我感觉到风的温柔、体贴，与优雅，黄昏的风是多么静谧，没有一点声息。突然一轮巨大明亮的月亮从山头跳跃出来，这一轮月亮的明度与巨大，使我深深地震动，才想起今天是农历六月十八，六月的明月是一点也不逊于中秋。

我说看见月亮的那一刻使我深深震动，一点也不夸张，因为我心里不觉地浮起两句有一些忧伤的歌词：

每日黄昏月娘要出来的时候
加添阮心内的悲哀

这两句歌词是一首闽南语歌《望你早归》的歌词，记得它的原作曲者杨三郎先生曾说过他作这首歌的背景，那时台湾刚刚光复，因为经历了战乱，他想到每一个家庭都有人离散在外，凡有人离散在外，就会有思念的人，而思念，在黄昏夜色将临时最为深沉和悠远，心里自然有更深的悲意，他于是自然地写下了这一首动人的歌，我最爱的正是这两句。

现在时代已经改变了，战乱离散的悲剧不再和从前一样，但是大家还是爱唱这首歌，原因在于，每个人的心灵深处都埋藏着远方的人呀！我觉得在人的情感之中，最动人的不一定是死生相许的誓言，也不一定是缠绵悱恻的爱恋，而是对远方的人的思念。因为，死生相许的誓言与缠绵悱恻的爱恋都会破灭、淡化，甚至在人生中完全消失，唯有思念能

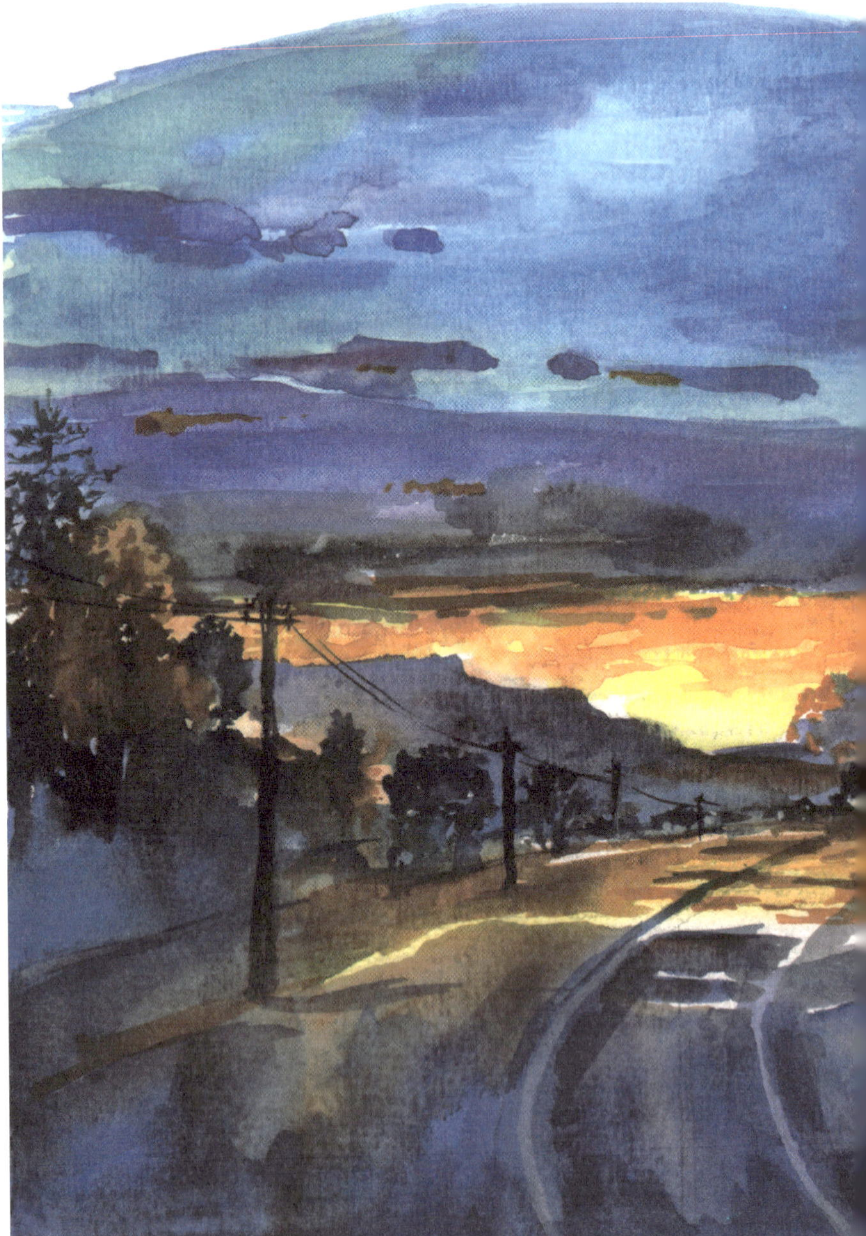

穿破时间空间的阻隔，永久在情感的水面上开花，犹如每日黄昏时从山头升起的月亮一样。

远方的思念是情感中特别美丽的一种，可惜在这个时代的人已经逐渐失去了这种情感，就好像愈来愈少人能欣赏晚上的月色、秋天的白云、山间的溪流一般，人们总是想，爱就要轰轰烈烈，要情欲炽盛，要合乎时代的潮流，于是乎，爱的本质就完全地改变了。

思念的情感不是如此，它是心中有情，但眼睛犹能穿透情爱有一个清明的观点。一如太阳在白云之中，有时我们看不见太阳，而大地仍然是非常明亮，太阳是永远在的，一如我们所爱的人，不管他是远离、是死亡、是背弃，我们的思念永远不会失去。

佛经里告诉我们，"生为情有"，意思是人因为有情才会投生到这个世界。因此凡是生活在这个世界的人，必然会有许多情缘的纠缠，这些情缘使我们在爱河中载沉载浮，使我们在爱河中沉醉迷惑，如果我们不能在情爱中维持清明的距离，就会在情与爱的推迫之下，或贪恋、或仇恨、或愚痴、或苦痛、或堕落、或无知地过着一生。

尤其是情侣的失散几乎是不可避免的必然了,通常,情感失散的时候会使我们愁苦、忧痛,甚至怀恨,但是我们必须认识到愁苦、忧痛、怀恨都不能挽救或改变失散的事实,反而增添了心里的遗憾。有时我们会感叹,为什么自己没有菩萨那样伟大的情怀,能站在超拔的海面晴空丽日之处,来看人生中波涛汹涌如海的情爱。

其实也没有关系,假如我们不能忘情,我们也可以从情爱中拔起身影,有一个好的面对,这种心灵的拔起,即是以思念之情代替憾恨之念,以思念之情转换悲苦的心。思念虽有悲意,但那样的悲意是清明的,乃是认识了人生的无常、情爱不能永驻之实相,对自我、对人生、对伴侣的一种悲悯之心。

释迦牟尼佛早就看清了人间有免不了的八苦,就是生、老、病、死、爱别离、怨憎会、所求不得、烦恼炽盛,这八苦的来由,归纳起来,就是一个"情"字,有情必然有苦,若能使情成为思念的流水,则苦痛会减轻,爱恨不至于使我们窒息。

我们都是薄地的凡夫,我很喜欢"凡夫"这两个字,凡夫的"凡"字中间有一颗大心,凡夫之所以永为凡夫,正是多了一颗心,这颗心有如铅锤,蒙蔽了我们自性的清明,拉坠使我们堕落,若能使凡夫之心有如黄昏时充满思念的明月,则即使有心,也是无碍了。能以思念之情来转换情爱失落败坏的人,就可以以自己为灯,作自己的归依处,纵是含悲忍泪,也不会失去自己的光明。

佛陀曾说:"情感是由过去的缘分与今世的怜爱所产生,宛如莲花是由水和泥土这两样东西所孕育。"是的,过去的缘分是水,今生的怜爱是泥土,然后开出情感的莲花。

人的情感如果是莲花,就不应该有任何的染着。假如我们会思念、懂得思念、珍惜思念,我们的思念就会化成情感莲花上清明的露水,在清晨或黄昏,闪着炫目的七彩。

> 每日黄昏月娘要出来的时候,
> 加添阮心内的悲哀

我轻轻地唱起了这"望你早归"的思念之歌,想象着这流动在山林中的和风,有可能是我们思念的远方的人轻轻的呼吸,在千山万水之外,在千年万岁之后,我们的思念是一枚清楚的戳印,它让我们来到这个世界,不失前世的尘缘;它让我们转入未来的时空,还带着今生的记忆。

引动我们悲意的月亮,如果我们能清明,也会使我们心中的明月在乌云密布的山水之间升起。

我想起两句偈:

> 心清水现月
> 意定天无云

然后我踩下油门,穿过林间的小路,让风吹过,让月光肤触,心中响着夜曲一般小提琴的声音,琴声围绕中还有一盏灯火,我自问着:远方的人不知听不听得见这思念的琴声?不知看不看得见这光明的灯盏?

你呢?你听见了吗?你看见了吗?

忘情花的滋味

院子里的昙花突然间开了,一共十八朵,夜里,打开院子里的灯,坐在幽暗的室内望向窗外,乳白色的昙花在灯下有一种难言的姿色,每一朵都是一幅春天的风景。

昙花是不能近看的,它适合远观,近看的昙花只是昙花,一种炫目的美丽,远观的昙花就不同了,它像是池里的睡莲在夜间醒来,一步一步走到人们的前庭后院,而且这些挺立在池中的睡莲都一起爬到昙花枝上,弯下腰,吐露出白色的芬芳。

第二天清晨昙花全谢了,垂着低低的头,我和妻子商量着,用什么方法吃那些凋谢的昙花,我说,昙花炒猪肉是最鲜美的一道菜,是我小时候常吃的。妻子说,昙花属于涅槃科,是吃斋的,不能与猪肉同炒,应该熬冰糖,可以生津止咳,可以叫人宠辱皆忘。

后来我们把昙花熬了冰糖,在春天的夜里喝昙花茶特别有一种清香的滋味,喝进喉里,它的香气仿佛是来自天的远方,比起阳明山上白云山庄的兰花茶毫不逊色——如果兰花是王者之香,昙花就是禅者之香,充满了遥远、幽渺、神秘的气味。

果然,妻子说,昙花的另一个名字叫"忘情花",忘情就是"寂焉不动情,若遗忘之者",也就是晋书中说的"圣人忘情"。在缤纷灿烂的花世界里,"忘情花"不知是哪一位高人的命名,它为昙花的一生下了一个注解,昙花好像是一个隐者,举世滔滔中,昙花固守了自己的情,将一生的精华在一夜间吐放,它美得那么鲜明,那么短暂,因为鲜明,所以动人,因为短暂,才教人难忘。当它死了之后,我们喝着用它煎熬成的昙花茶时,在昙花,它是忘情了,对我们,却把昙花遗忘的情喝进腹中,在腹中慢慢地酝酿。

由于喝昙花茶,使我想起童年时代吃昙花的几种滋味。

小时候,家后院种了一片昙花,因为妈妈是爱看昙花的,而爸爸,却是爱吃昙花的。据爸爸说,最好吃的昙花是在它盛开的时候,又香又脆,可是妈妈不许,她不准任何人在昙花盛放时吃昙花,因此春天昙花开成一片白的时候,我们也只好在旁边坐守,看它仰起的头垂下才敢吃它。

爸爸吃昙花有好几种方法,第一种方法是"昙花炒猪肉",把切成细丝的昙花和肉丝丢进锅中,烈火一炒,就是一道令人垂涎的好菜,这一道菜里昙花的滋味像是雨后笋园中冒出来的香蕈,滑润、轻淡,入口即不能忘。

第二种方法是"昙花炖鸡",将整朵的昙花一一洗净和鸡块同炖,放一点姜丝,这一道菜昙花的滋味有一点像香菇,汤是清的,捞起来的昙花还像活的一般。

第三种方法是"炸昙花饼",用糖、面粉和鸡蛋打匀,把昙花沾满,放到油锅中炸成金黄色即可食,这一道菜昙花的滋味香脆达于极致，任何饼都无法比拟。

我们的童年在爸爸调教下，几乎每个兄弟都是"食花的怪客"，我们吃过的还不只是昙花，也吃过朱槿花、栀子花、银莲花、红睡莲、野姜花和百合花，我们还吃过寒芒花的嫩芽、鸡冠花的叶、满天星的茎，以及水笔仔的幼根，每种花都有不同的滋味。那时候年纪小不知道怜香惜玉这一套，如今想起那些花魂，心中总是有一种罪过的感觉。

食花真是有罪的吗？食了昙花真能忘情吗？有一次读《本草纲目》，知道古人也是食花的，古人也食草。在《本草纲目》谈到萱草时，引了李九华的《延寿书》说："嫩苗为蔬，食之动风，令人昏然如醉，因名忘忧。"

如果萱草"忘忧草"的名是因之而起，我倒愿为昙花是"忘情花"下一注解："美花为蔬，食之忘情，令人淡然超脱，因名忘情。"

"忘情花"的滋味是宜于联想的，在我们的情感世界里，"忘情"几乎是不可能的境界，因为有爱就有纠结，有情就有牵绊，如何在纠结牵绊中能拔出身来，走向空旷不凡的天地，就要像"忘情花"一样在短暂的时间里开得美丽，等凋萎了以后，把那些纠结牵绊的情经过煎、炒、煮、炸的锻炼，然后一口一口吞入腹里，并将它埋到心底最深处，等到另一个开放的时刻。

每个人的情感都是有盛衰的，就像昙花即使忘情，也有兴谢。我们不是圣人，不能忘情，再好的歌者也有恍惚失曲的时候，再好的舞者也有乱节而忘形的时刻，我们是小小的凡人，不能有"爱到忘情近佛心"的境界，但是我们可以"藏情"，把完成过、失败过的情爱像一幅卷轴一样卷起来放在心灵的角落，让它沉潜，让它褪色，在岁月的足迹走过后打开来，看自己在卷轴空白处的落款，以及还鲜明如昔的刻印。

我们落过款、烙过印；我们惜过香、怜过玉；这就够了，忘情又如何？无情又如何？

松子茶

朋友从韩国来，送我一大包生松子，我还是第一次看到生的松子，晶莹细白，颇能想起"空山松子落，幽人应未眠"那样的情怀。

松子给人的联想自然有一种高远的境界，但是经过人工采撷、制造过的松子是用来吃的，怎么样来吃这些松子呢？我想起饭馆里面有一道炒松子，便征询朋友的意见，要把那包松子下油锅了。

朋友一听，大惊失色："松子怎么能用油炒呢？"

"在台湾，我们都是这样吃松子的。"我说。

"罪过，罪过，这包松子看起来虽然不多，你想它是多少棵松树经过冬雪的锻炼才能长出来的呢？用油一炒，不但松子味尽失，而且也损伤了我们吃这种天地精华的原意了。何况，松子虽然淡雅，仍然是油性的，必须用淡雅的吃法才能品出它的真味。"

"那么，松子应该怎么吃呢？"我疑惑地问。

"即使在生产松子的韩国，松子仍然被看作珍贵的食品，松子最好的吃法是泡茶。"

"泡茶？"

"你烹茶的时候，加几粒松子在里面，松子会浮出淡淡的油脂，并生松香，使一壶茶顿时津香润滑，有高山流水之气。"

当夜，我们便就着月光，在屋内喝松子茶，果如朋友所说的，极平凡的茶加了一些松子就不凡起来了：那种感觉就像是在遍地的绿草中突然开起优雅的小花，并且闻到那花的香气。我觉得，以松子烹茶，是最不辜负这些生长在高山上历经冰雪的松子了。

"松子是小得不能再小的东西，但是有时候，极微小的东西也可以做情绪的大主宰，诗人在月夜的空山听到微不可辨的松子落声，会想起远方未眠的朋友，我们对月喝松子茶也可以说是独尝异味，尘俗为之解脱，我们一向在快乐的时候觉得日子太短，在忧烦的时候又觉得日子过得太长，完全是因为我们不能把握像松子一样存在于我们生活四周的小东西。"朋友说。

朋友的话十分有理，使我想起人自命是世界的主宰，但是人并非这个世界唯一的主人。就以经常遍照的日月来说，太阳给了万物的生机和力量，并不单给人们照耀；而在月光温柔的怀抱里，虫鸟鸣唱，不让人在月下独享。即使是一粒小小松子，也是吸取了日月精华而生，我们虽然能将它烹茶，下锅，但不表示我们比松子高贵。

佛眼和尚在禅宗的公案里，留下两句名言：

水自竹边流出冷，
风从花里过来香。

水和竹原是不相干的，可是因为水从竹子边流出来就显得格外清冷；花是香的，但花的香如果没有风从中穿过，就永远不能为人体知。可见，纵是简单的万物也要通过配合才生出不同的意义，何况是人和松子？

我觉得，人一切的心灵活动都是抽象的，这种抽象宜于联想：得到人世一切物质的富人如果不能联想，他还是觉得不足；倘若是一个贫苦的人有了抽象联想，也可以过得幸福。这完全是境界的差别，禅宗五祖曾经问过："风吹幡动，是风动？还是幡动？"六祖慧能的答案可以作为一个例证："不是风动，不是幡动，是仁者心动。"

仁者，人也。在人心所动的一刻，看见的万物都是动的，人若呆滞，风动幡动都会视而不能见。怪不得有人在荒原里行走时会想起生活的悲境大叹："只道那情爱之深无边无际，未料这离别之苦苦比天高。"而心中有山河大地的人却能说出"长亭凉夜月，多为客铺舒"，感怀出"睡时用明霞作被，醒来以月儿点灯"等引人遐思的境界。

一些小小泡在茶里的松子，一粒停泊在温柔海边的细沙，一声在夏夜里传来的微弱虫声，一点斜在遥远天际的星光……它全是无言的，但随着灵思的流转，就有了炫目的光彩。记得沈从文这样说过："凡是美的都没有家，流星，落花，萤火，最会鸣叫的蓝头红嘴绿翅膀的王母鸟，也都没有家的。谁见过人蓄养凤凰呢？谁能束缚着月光呢？一颗流星自有它来去的方向，我有我的去处。"

灵魂是一面随风招展的旗子，人永远不要忽视身边事物，因为它也许正可以飘动你心中的那面旗，即使是小如松子。

枯萎的桃花心木

　　乡下老家前面，有一块三千坪的空地，租给人家种桃花心木的树苗。

　　桃花心木是一种特别的树，树形优美，高大而笔直，从前老家林场种了许多，但打从我出生识物时，林场的桃花心木已是高达数丈的成林，所以当我看到桃花心木仅及膝盖的树苗，有点难以相信自己的眼睛。

　　种桃花心木苗的是一个高大的人，他弯腰种树的时候，感觉就像插秧一样，不同的是，这是旱地，不是水田。

　　树苗种下以后，他总是隔几天才来浇水，奇怪的是，他来的天数并没有规则，有时三天，有时五天，有时十几天来一次。浇水的量也不一定，有时浇得多，有时浇得少。

　　我住在乡下时，天天都会在桃花心木苗的小路散步，种苗木的人偶尔会来家里喝茶，他有时早上来，有时下午来，时间也不一定。

我感到越来越奇怪。

更奇怪的是，桃花心木有时就莫名地枯萎了，所以，他来的时候总会带几株树苗来补种。

我起先以为他太懒，隔那么久才为树浇水。

但是，懒的人怎么会知道有几棵树枯萎了呢？

后来我以为他太忙，才会做什么事都不按规律。

但是，忙的人怎么可能行事那么从容呢？

我忍不住问他：到底是什么时间来？多久浇一次水？桃花心木为什么无缘无故会枯萎？如果你每天来浇水，桃花心木苗应该不会这么容易就枯萎吧？

种树的人笑了，他说："种树不是种菜或种稻子，种树是百年的基业，不像青菜几个星期就可以采收。所以，树木自己要学会在土地里找水源，我浇水只是模仿老天下雨，老天下雨是算不准的，它几天下一次？上午或下午？一次下多少？如果无法在这种不确定中汲水生长，树苗很自然就枯萎了。但是，只要在不确定中找到水源、拼命扎根的树，长成百年的大树就不成问题了。"

种树的人语重心长地说："如果我每天都来浇水，每天都定时浇一定的量，树苗就会养成依赖的心，根就会浮生在地表上，无法探入地底，一旦我停止浇水，树苗会枯萎得更多。幸而可以存活的树苗，遇到狂风暴雨，也是一吹就倒了。"

种树者言，使我非常感动，想到不只是树，人也是一样，在不确定中生活的人，比较经得起生命的考验。因为在不确定中，我们会养成独立自主的心，不会依赖。在不确定中，我们深化了对环境的感受与情感的觉知。在不确定中，我们学会把更少的养分转化为巨大的能量，努力生长。

生命的法则不可能那么固定、那么完美，因为固定和完美的法则，

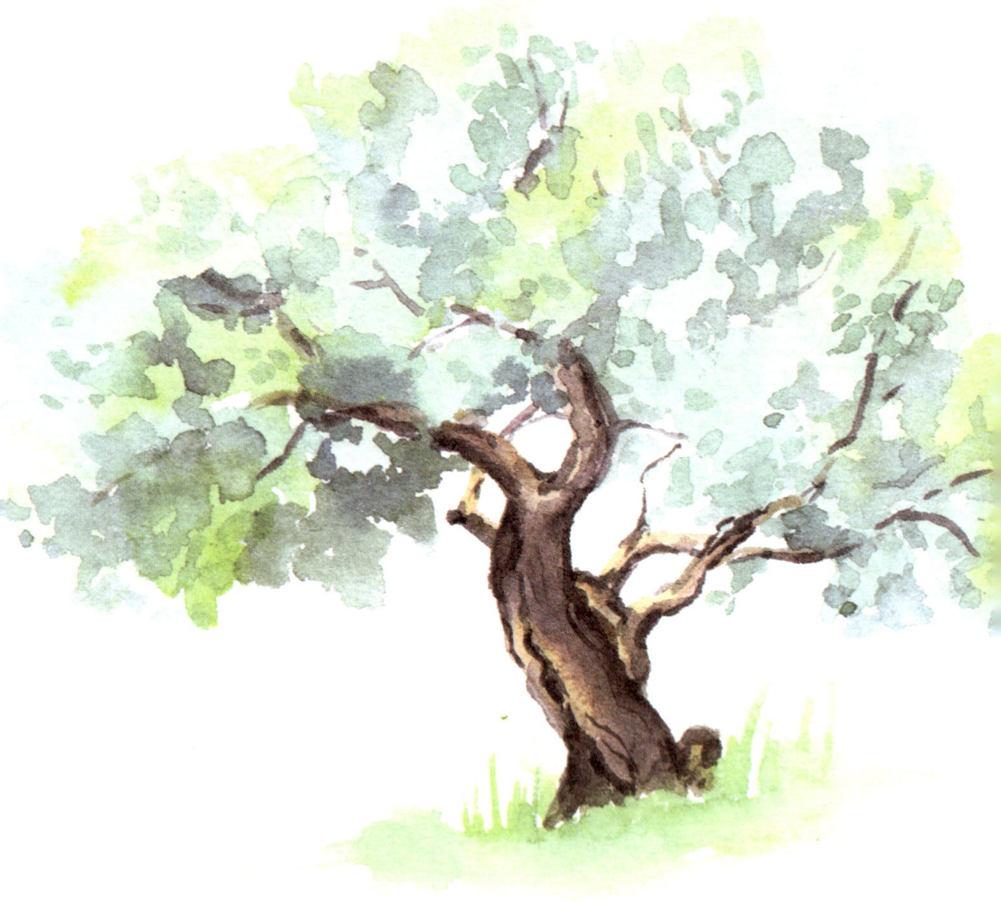

就会养成机械式的状态,机械式的状态正是通向枯萎、通向死亡之路。

当我听过种树的人关于种树的哲学,每天走过桃花心木苗时,内心总会有某些东西被触动,这些树苗正努力面对不确定的风雨,努力学习如何才能找到充足的水源,如何在阳光中呼吸,一旦它学会这些本事,百年的基业也就奠定了。

现在,窗前的桃花心木苗已经长得与屋顶等高,是那么优雅而自在,宣告着自主的生命。

种树的人不再来了,桃花心木也不会枯萎了。

\>\>\>\>\>\>

世间没有真正的黑暗,

我们总可以在最角落的地方看到一线光明

PART 4

第四章

好雪片片

悲哀有如橄榄，

甘甜后总有涩味；

欢喜却如栗子，

苦涩里却有回味。

四随

随喜

在通化街入夜以后,常常有一位乞者,从阴暗的街巷中冒出来。

乞者的双腿齐根而断,他用厚厚包着棉布的手掌走路。他双手一撑,身子一顿就腾空而起,然后身体向一尺前的地方扑跌而去,用断腿处点地,挫了一下,双手再往前撑。

他一走路几乎是要惊动整条街的。

因为他在手腕的地方绑了一个小铝盆,那铝盆绑的位置太低了,他一"走路",就打到地面咚咚作响,仿佛是在提醒过路的人,不要忘了把钱放在他的铝盆里面。

大部分人听到咚咚的铝盆声,俯身一望,看到时而浮起时而顿挫的身影,都会发出一声惊诧的叹息。但是,也是大部分的人,叹息一声,就抬头仿佛未曾看见什么的走过去了。只有极少极少的人,怀着一种悲悯的神情，给他很少的布施。

人们的冷漠和他的铝盆声一样令人惊诧！不过，如果我们再仔细看看通化夜市，就知道再悲惨的形影，人们已经见惯了。短短的通化街，就有好几个行动不便、肢体残缺的人在卖奖券，有一位点油灯弹月琴的老人盲妇，一位头大如斗四肢萎缩摊在木板上的孩子，一位软脚全身不停打摆的青年，一位口水像河流一般流淌的小女孩，还有好几位神智纷乱来回穿梭终夜胡言的人……这些景象，使人们因习惯了苦难而逐渐把慈悲盖在冷漠的一个角落。

那无腿的人是通化街里落难的乞者之一，不会引起特别的注意，因此他的铝盆常是空着的。他为了引起人们的注意，有时故意来回迅速地走动，一浮一顿，一顿一浮……有时候站在街边，听到那急促敲着地面的铝盆声，可以听见他心底多么悲切的渴盼。

他恒常戴着一顶斗笠，灰黑的，有几茎草片翻卷了起来，我们站着往下看，永远看不见他脸上的表情，只能看到那有些破败的斗笠。

有一次，我带孩子逛通化夜市，忍不住多放了一些钱在那游动的铝盆里，无腿者停了下来，孩子突然对我说："爸爸，这没有脚的伯伯笑了，在说谢谢！"这时我才发现孩子站着的身高正与无腿的人一般高，想是看见他的表情了。无腿者听见孩子的话，抬起头来看我，我才看清他的脸粗黑，整个被风霜腌渍，厚而僵硬，是长久没有使用过表情的那种。后来，他的眼睛和我的眼睛相遇，我看见了这一直在夜色中被淹没的眼睛，透射出一种温暖的光芒，仿佛在对我说话。

在那一刻，我几乎能体会到他的心情，这种心情使我有着悲痛与温柔交错的酸楚。然后他的铝盆又响了起来，向街的那头响过去，我的胸腔就随他顿挫顿浮的身影而摇晃起来。

我呆立在街边，想着，在某一个层次上，我们都是无脚的人，如果没有人与人间的温暖与关爱，我们根本就没有力量走路，不管在任何时候任何地方，我们见到了令我们同情的人而行布施之时，我们等于在同情自己，同情我们生在这苦痛的人间，同情一切不能离苦的众生。倘若我们的布施使众生得一丝喜悦温暖之情，这布施不论多少就有了动人的质地，因为众生之喜就是我们之喜，所以佛教里把布施、供养称为"随喜"。

这随喜，有一种非凡之美，它不是同情、不是悲悯，而是因众生喜而喜，就好像在连绵的阴雨之间让我们看见一道精灿的彩虹升起，不知道阴雨中有彩虹的人就不会有随喜的心情。因为我们知道有彩虹，所以我们布施时应怀着感恩，不应稍有轻慢。

我想起经典上那伟大充满了庄严的维摩诘居士，在一个动人的聚会里，有人供养他一些精美无比的璎珞，他把璎珞分成两份，一份供养难胜如来佛，一份布施给聚会里最卑下的乞者，然后他用一种威仪无匹的声音说："若施主等心施一最下乞人，犹如如来福田之相，无所分别，等于大悲，不求果报，是则名曰具足法施。"

他甚至警策地说，那些在我们身旁一切来乞求的人，都是位不可思议解脱菩萨境界的菩萨来示现的，他们是来考验我们的悲心与菩提心，使我们从世俗的沦落中超拔出来。我们若因乞求而布施来植福德，我们自己也只是个乞求的人，我们若看乞者也是菩萨，布施而怀恩，就更能使我们走出迷失的津渡。

我们布施时应怀着最深的感恩，感恩我们是布施者，而不是乞求的人；感恩那些秽陋残疾的人，使我们警醒，认清这是不完满的世界，我们也只是一个不完满的人。

"一切菩萨所修无量难行苦行，志求无上正等菩提，广大功德，我皆随喜。如是虚空界尽、众生界尽、众生烦恼尽，我此随喜无有穷尽。"

我想，怀着同情、怀着悲悯，甚至怀着苦痛、怀着鄙夷来注视那些需要关爱的人,那不是随喜,唯有怀着感恩与菩提,使我们清和柔软,才是真随喜。

随业

打开孩子的饼干盒子,在角落的地方看到一只蟑螂。

那蟑螂静静地伏在那里,一动也不动,我看着这只见到人不逃跑的蟑螂而感到惊诧的时候,突然看见蟑螂的前端裂了开来,探出一个纯白色的头与触须,接着,它用力挣扎着把身躯缓缓地蠕动出来,那么专心、那么努力,使我不敢惊动它,静静蹲下来观察它的举动。

这蟑螂显然是要从它破旧的躯壳中蜕变出来,它找到饼干盒的角落脱壳,一定认为这是绝对的安全之地,不想被我偶然发现,不知道它的心里有多么心焦。可是再心焦也没有用,它仍然要按照一定的程序,先把头伸出,把脚小心地一只只拔出来,一共花了大约半小时的时间,蟑螂才完全从它的壳用力走出来,那最后一刻真是美,是石破天惊的,有一种纵跃的姿势。我几乎可以听见它喘息的声音,它也并不立刻逃走,只是用它的触须小心翼翼地探着新的空气、新的环境。

新出壳的蟑螂引起我的叹息,它是纯白的几近于没有一丝杂质,它的身体有白玉一样半透明的精纯的光泽。这日常引起我们厌恨的蟑螂,如果我们把所有对蟑螂既有的观感全部摒除,我们可以说那蟑螂有着非凡的惊人之美,就如同是草地上新蜕出的翠绿的草蝉一样。

当我看到被它脱除的那污迹斑斑的旧壳,我觉得这初初钻出的白色小蟑螂也是干净的,对人没有一丝害处。对于这纯美干净的蟑螂,我们几乎难以下手去伤害它的生命。

后来,我养了那蟑螂一小段时间,眼见它从纯白变成灰色,再变成灰黑色,那是转瞬间的事了。随着蟑螂的成长,它慢慢地从安静的探触而成为鬼头鬼脑的样子,不安地在饼干盒里骚爬,一见到人或见到光,它就不安焦急地想要逃离那个盒子。

最后,我把它放走了,放走的那一天,它迅速从桌底穿过,往垃圾桶的方向遁去了。

接下来好几天,我每次看到德国种的小蟑螂,总是禁不住地想,到底这里面,哪一只是我曾看过它美丽的面目、被我养过的那只纯白的蟑螂呢?我无法分辨,也不须去分辨,因为在满地乱爬的蟑螂里,它们的长相都一样,它们的习气都一样,它们的命运也是非常类似的。

它们总是生活在阴暗的角落,害怕光明的照耀,它们或在阴沟,或在垃圾堆里度过它们平凡而肮脏的一生。假如它们跑到人的家里,等待它们的是克蟑、毒药、杀虫剂,还有用它们的性费洛姆做成来诱捕它们的蟑螂屋,以及随时踩下的巨脚,擎空打击的拖鞋,使它们在一击之下尸骨无存。

这样想来,生为蟑螂是非常可悲而值得同情的,它们是真正的"流浪生死,随业浮沉",这每一只蟑螂是从哪里来投生的呢?它们短暂的生死之后,又到哪里去流浪呢?它们随业力的流转到什么时候才会终结呢?为什么没有一只蟑螂能维持它初生时纯白、干净的美丽呢?

这无非都是业。

无非是一个不可知的背负。

我们拼命保护那些濒临绝种的美丽动物,那些动物还是绝种了。我们拼命创造各种方法来消灭蟑螂,蟑螂却从来没有减少,反而增加。

这也是业,美丽的消失是业,丑陋的增加是业,我们如何才能从业里超拔出来呢?从蟑螂,我们也看出了某种人生。

随顺

在和平西路与重庆南路交口的地方,每天都有卖玉兰花的人,不只在天气晴和的日子,他们出来卖玉兰花,有时是大风雨的日子,他们也来卖玉兰花。

卖玉兰花的人里,有两位中年妇女,一胖一瘦;有一位削瘦肤黑的男子,怀中抱着幼儿;有两个小小的女孩,一个十岁,一个八岁;偶尔,会有一位背有点弯的老先生,和一位白发苍苍的老妇,也加入贩卖的阵容。

如果在一起卖的人多,他们就和谐地沿着罗斯福路、新生南路步行扩散,所以有时候沿着和平东西路走,会发现在复兴南路口、建国南路口、新生南路口、罗斯福路口、重庆南路口都是几张熟悉的脸孔。

卖花的不管是老人还是孩子,他们都非常和气,端着用湿布盖好以免玉兰枯萎的木盘子从面前走过,开车的人一摇手,他们绝不会有任何的嗔怒之意。如果把车窗摇下,他们会赶忙站到窗口,送进一缕香气来。在绿灯亮起的时候,他们就站在分界的安全岛上,耐心等候下一个红灯。

我自己就是大学教授、交通专家所诅咒的那些姑息着卖玉兰花的人,不管是在什么样的路口,遇到任何卖玉兰花的人,我总是忘了交通安全的教训,买几串玉兰花,买到后来,竟认识了罗斯福路、重庆南路口几位卖玉兰花的人。

买玉兰花时,我不是在买那些清新怡人的花香,而是买那生活里辛酸苦痛的气息。

每回看到卖花的人,站在烈日下默默拭汗,我就忆起我的童年时代为了几毛钱在烈日下卖枝仔冰,在冷风里卖枣子糖的过去。在心里,我可以贴近他们心中的渴盼,虽然他们只是微笑着挨近车窗,但在心底,是多么希望，有人摇下车窗，买一串花。这关系着人间温情的一串花才卖十元，是多么便宜，但便宜的东西并不一定廉价，在冷气车里坐着的人，能不能理解呢？

几个卖花的人告诉我，最常向他们买花的是计程车司机，大概是计程车司机最能理解辛劳奔波的生活是什么滋味，他们对街中卖花者遂有了最深刻的同情。其次是开小车子的人。最难卖的对象是开着豪华进口车、车窗是黑色的人，他们高贵的脸一看到玉兰花贩走近，就冷漠地别过头去。

有时候，人间的温暖和钱是没有关系的，我们在烈日焚烧的街头动了不忍之念，多花十元买一串花，有时在意义上胜过富者为了表演慈悲、微笑照相登上报纸的百万捐输。

不忍？

是的，我买玉兰花时就是不忍看人站在大太阳下讨生活，他们为了激起人的不忍，有时把婴儿也背了出来，有人批评他们把孩子背到街上讨取人的同情是不对的。可是我这样想：当妈妈出来卖玉兰花时，孩子要交给保姆或佣人吗？当我们为烈日曝晒而心疼那个孩子，难道他的母亲不痛心吗？

遇到有孩子的，我们多买一串玉兰花吧！不要问什么理由。

我是这样深信：站在街头的这一群沉默卖花的人，他们如果有更好的事做，是绝对不会到街上来卖花的。

设身处地地为苦恼的人着想，平等地对待他们，这就是"随顺"，我们顺着人的苦难来满他们的愿，用更大的慈和的心情让他们不要在窗口空手离去，那不是说我们微薄的钱真能带给卖花的人什么利益，而是说我们因有这慈爱的随顺，使我们的心更澄澈，更柔软，洗涤了我们的污秽。

"一切众生而为树根，诸佛菩萨而为华果，以大悲水饶益众生，则能成就诸佛菩萨智慧华果。"

我买玉兰花的时候，感觉上，是买一瓣心香。

随缘

有一位朋友，她养了一条土狗，狗的左后脚因被车子辗过，成了瘸子。

朋友是在街边看到这条小狗的，那时小狗又脏又臭，在垃圾堆里捡拾食物，朋友是个慈悲的人，就把它捡了回来，按照北方习俗，名字越俗贱的孩子越容易养，朋友就把那条小狗正式命名为"小瘸子"。

小瘸子原是人见人恶的街狗，到朋友家以后就显露出它如金玉的一些美质。它原来是一条温柔、听话、干净、善解人意的小狗，只是因为生活在垃圾堆，它的美丽一直未被发现吧。它的外表除了有一点土，其实也是不错的，它的瘸，到后来反而是惹人喜爱的一个特点，因为它不像平凡的狗乱纵乱跳，倒像一个温驯的孩子，总是优雅地跟随它美丽的女主人散步。

朋友对待小瘸子也像对待孩子一般，爱护有加，由于她对一条瘸狗的疼爱，在街闾中的孩子都唤她："小瘸子的妈妈。"

小瘸子的妈妈爱狗，不仅孩子知道，连狗们也知道，她有时在外面散步，巷子里的狗都跑来跟随她，并且用力地摇尾巴，到后来竟成为一种极为特殊的景观。

小瘸子慢慢长大，成为人见人爱的狗，天天都有孩子专程跑来带它去玩，天黑的时候再带回来。由于爱心，小瘸子竟成为巷子里最得宠的狗，任何名种狗都不能和它相比。也因为它的得宠，有人以为它身价不凡，一天夜里，小瘸子狗被抱走了，朋友和她的小女儿伤心得就像失去一个孩子。巷子里的孩子也惘然失去最好的玩伴。

两年以后,朋友在永和一家小面摊子上认到了小瘸子,它又回复在垃圾堆的日子,守候在桌旁捡拾人们吃剩的肉骨。

小瘸子立即认出它的旧主人,人狗相见,忍不住相对落泪,那小瘸子流下的眼泪竟滴到地上。

朋友又把小瘸子带回家,整条巷子因为小瘸子的回家而充满了喜庆的气息,这两年间小瘸子的遭遇是不问可知的,一定受过不少折磨,但它回家后又恢复了往日的神采。过不久,小瘸子生了一窝小狗,生下的那天就全被预约,被巷子里,甚至远道来的孩子所领养。

做过母亲的小瘸子比以前更乖巧而安静了,有一次我和朋友去买花,它静静跟在后面,不肯回家,朋友对它说了许多哄小孩一样的话,它才脉脉含情地转身离去,从那一次以后,我再也没有看过小瘸子了,它是被偷走了呢?还是自己离家而去?或是被捕狗队的人所逮捕?没有人知道。

朋友当然非常伤心,却不知道在什么时间什么地点可以再与小瘸子会面。朋友与小瘸子的缘分又是怎么来的呢?是随着前世的因缘,或是开始在今生的会面?

一切都未可知。

但我的朋友坚信有一天能与小瘸子再度相逢,她美丽的眼睛望着远方说:"人家都说随缘,我相信缘是随愿而生的,有愿就会有缘,没有愿望,就是有缘的人也会错身而过。"

三好一公道

最近住在台北县的莺歌小镇，有一天到街上去，看到一家小面摊挂着一个大招牌"勇伯仔面摊"，旁边还有两行小字："三好一公道：汤好、料好、服务好、价钱公道。"

看到这样的招牌感到格外亲切，站在招牌下细细地看着面摊，还有摊子上忙着招呼客人的老先生。然后我坐下来吃了一碗素米粉，果然是三好一公道，这样的小事使我那一天的心情都非常开朗，有一种光明、清净、温暖的感觉，就像月圆时的光芒一样。

亮亮，我在青年时代，曾在我们居住的这块土地行脚，从大城到小村，从山崖到海滨，企图使自己的心灵与脚印落实在这块土地上。我想到，光是我吃过的叫做"勇伯仔"的面店或小摊就有十几个，他们共同的招牌或共同的心意就是"三好一公道"，当我坐在野风吹拂的乡间吃小摊子的时候，就感觉像"勇伯仔"、"三好一公道"这几个字简直是美极了。

向前奋进的一种形象

一直到现在，我用还带着下港乡音的台湾话念道："勇伯仔米粉，三好一公道。"想到可能有数十百家自称勇伯仔的摊子分布在我们这个岛上，心里就流动着一种难以言说的温暖。

"勇伯仔"象征的是台湾人民永远向前奋进的一种形象，从前在乡下，我们对那些勇力过人的老人家，以及到年纪很大了还在农田奋斗的长辈，总会亲切地叫一声"勇伯仔"。这"勇伯仔"很像卖担担面的人在门口挂一盏灯笼写着"度小月"一样。早期的乡间生活艰难，农民渔民在忙碌的时间叫"大月"，较闲暇时则叫"小月"。所谓"度小月"，是农田的工作告一段落，农人依靠卖面来赚取生活的补贴。

现在，卖面的人都不再是农人"度小月"了，而且一个小面摊的收入就比一甲地的农田收入要好得多，年轻人宁可到都市摆摊卖面，也不愿意留在乡下耕田。"度小月"虽在时空中变质，但"勇伯仔"还没有，我偶尔到乡下的农田总会看见许多我们这个社会的"勇伯仔"卷起裤管在各地的角落打拼。

"三好一公道"则是农村社会里出自人心真诚的流露，记得台湾光复不久的乡间，我们可以打交道的店家很少，比较常来往的是杂货店。

当时的杂货店给我留下了一些深刻的印象，那个时候没有什么名牌、也没有商品标示，所有的东西都是装在大缸、大瓮、大罐里，像柴、米、油、盐、酱、醋、茶等都是用"打"的。小时候帮妈妈到杂货店去打油、打酒、打醋都是非常美好幸福的经验，我总提着瓶子，一路唱着歌到远在数百公尺外的杂货店去。

老板拿个大勺，漏斗架在瓶子上，一勺就把瓶子灌满了。

然后，他会拿一本簿子出来，叫我在上面签字，以便年底时一起结账。我签名的时候感觉到一种意外的欢喜，觉得自己已经成长了，可以为父母亲分劳。

存乎一心，童叟无欺

回想起来，那个时候的杂货店，除了是外地人，本乡的人都是不付现的，全是签账，一年结算两次，有许多农人不识字，连自己的名字也不会写，那就全凭杂货店老板"存乎一心"了。在我长大的年岁从未听见过有交易上的纷争，可见那时候的人比较有天地良心，那时候的店则比较能"童叟无欺"。

农村签账的传统，我想是来自于两个原因，一是农人的家里通常是没有现金的，他们要在一年两三次的收成里才有比较大笔的现金，因此现金交易变成不太可能，只好大家都赊欠。另一个原因是人与人间互相的信任，买卖是站在一个互信的基础，买的人不认为会受骗，卖的人不认为会被倒，这种信任的态度是维持社会和乐最重要的基础。

比较起现在，有时就会感触良多，现代人所有的东西都有商品标示，却有许多是名不副实的，即使买东西时样样看标示，受骗的机会也非常多。这还是好的，任何人走进现代商店就会发现，大镜子、监视器到处都是，卖东西的人总是虎视眈眈，偶尔走进卖高级舶来品的店里，小姐们常常狗眼看人，流露出来的神情仿佛在说："哼！凭你这块料也敢到我们这种店来！"

亲爱的亮亮，我在生活里是个随便的人，常常穿着布鞋和一件老旧的衣服就上街了，可是又喜欢随兴而为，一不小心就会走进名牌的店铺乱逛，这时我知道冷眼与无知的鄙视一定是免不了的，我自己虽然一点也不在意（我们的情绪为什么要受势利的眼睛影响？），不过，一想到台湾社会经过几十年的奋斗，乡下有那么多的"勇伯仔"，有那么多人在"度小月"才有今天，而服务的品质却不进反退，就会令人伤心。

这可以说是"三好一公道"的失落。在现代社会，三好是品质好、制作好、服务好，一公道仍然是价钱公道。

缺少平等心的社会

我们的服务不能好，就是缺少一个平等心，顾客一进门时就已经分门别类，逢迎高的、鄙视低的，正是整个社会的病态。记得我有一次在日本旅行，朋友告诉我在东京银座有个世界最高级的珍珠店，我特地跑去参观，由于旅行的缘故，我那一天蓬首垢面，一点看不出与珍珠有任何关系。我一走进店里，店员全部对我鞠躬，表现了极亲切的欢迎，有一位甚至热心地为我介绍橱窗里最名贵的珍珠，我害羞极了，只好表明自己没有买珍珠的意图，但他们并不因此放弃，一直引导我参观过店里的珍珠，才鞠躬送我出来，还齐声说："噜摩·阿里阿多·狗踩麻薯"。

这种经验在台湾真是不可多得，有一次我到台北一家卖水晶的店去，有三位店员，其中两位对我冷眼相待，爱理不睬，有一位读过我的书，赶紧向其他两位说："他是一个作家呢！"没想到背后响起这样的声音："哎哟！我们店里的东西，作家也买不起呀！"

亮亮，你知道为什么日本商品如此强势，服务业勇冠全球吗？其实没有什么秘诀，原因正是"三好一公道"。我真想将来有钱的时候到银座的珍珠店去买一颗珍珠，而即使我有钱，也不愿在台北买冷冰冰的水晶。

真正的珍珠与水晶，是在人心，而不在橱窗。有平等心时，俗气的珍珠顿时有了光芒，失去了平等心，再明亮的水晶也与玻璃无异。

价钱在台北也逐渐成为迷幻的东西，根据消费者文教基金会的调查，台北的东西平均比其他大都市贵好几成，特别是号称高级的奢侈品，已经完全没有"公道"可言，可叹的是，人人习以为常，买更贵的东西，得到更坏的服务，就是今天台湾社会的真相。

为什么我们传统里好的"三好一公道"，在商业社会就瓦解了呢？那是因为我们认为商业就是这样，就是不择手段地赚钱，就是想尽办法掏空别人的荷包，忘却了商业行为里其实应该有人间的信任与公道，在买卖之间有人间的好。

维持人生的基本信条

今天我路过信义路，发现从前我受到冷嘲的那间水晶店已经倒闭了，使我感到叹息，想起使它倒闭的原因说不定不是水晶，而是店员。亮亮，现在正有更多的年轻人投入服务业，说不定将来你也会进入服务业，希望我们都能记住"三好一公道"，使这个社会有真正品质的提升，一个优秀的社会不是由购买力或高级的东西构成，而是由人的好品质构成的。

夜里，我到饶河街的夜市去买花生，卖花生的人也卖瓜子，还有进口的核桃、榛果、开心果，他很有耐心地叫我每一种都尝一尝，并且把核桃、榛果用夹子夹开让我品尝，最后我还是只买了五十元的花生米，他依然礼貌地向我致谢，这使我想起了乡间的小店，为之感动不已，知道即使是商人，也有许多人的心灵尚未失去光芒。

越接近重商的资本社会，人越容易向物质屈服、越容易受到环境的左右、心灵越快被俗化、冷化、非人化，使我们步行在七彩的霓虹之中，感到无力与孤寂，要使自己更卓越，其实就是维持一些人生的基本信条而已，像"三好一公道"就是很好的信条。

让我们做这个社会的"勇伯仔"，让我们成为心灵卓然的人，亮亮，一起来努力吧！

阴阳巷

　　有一天我到巷口倒垃圾的时候,看到我的房东正在垃圾堆里找东西,我以为他有什么贵重的物品遗失,后来才知道他是翻寻一些旧报纸、硬纸板、酒瓶、宝特瓶,要卖给收破烂的人。他微笑着告诉我:"一天可以捡到三十几元呢!"

　　那是我刚刚租了新居不久,后来我常和房东聊天,才慢慢了解了这位看起来十分贫穷、实际是非常富有的都市乡下人。

　　房东原来在安和路有一块不小的地,他从小就在那里辛勤地种稻,抚育着几个子女成长,子女长大以后纷纷出国了,只留下这一个孤独的老人。都市的脚步有点像汽车疾驶,一路从忠孝东路、仁爱路、信义路、新生南路、复兴南路、敦化南路开过来了,在房地产最旺之时,连安和路的稻田都一日数涨,涨到房东都瞠目结舌的天文数字。时常有土地掮客跑来打他的主意,劝他把土地卖了,可以好好安享晚年。

　　房东原来还坚持着耕种土地,理由很简单:"卖了地要做什么工作呢？"但是由不得他，他的土地四周，一栋栋高楼霸气地围绕起来，到最后，他站在地里几乎已经见不到外界的阳光了，加上稻作一年的辛苦耕耘也快不能维持生计了。

他对我说："我的土地还是不卖，给建筑公司盖分。"根据估计，房东的土地可以盖两栋七层的大楼，每栋四间，共二十八户，他独独分到一栋楼的三层，总共六户。这些楼房目前的售价，一户是三百万左右，也就是说，他的不动产将近二千万元。

我去租房子的时候，很不能相信眼前这位穿旧衣、跋拖鞋的老头儿是这大楼一半的主人，他把房子全租给别人，每户一万五左右，每个月的收入近十万元。

我们的房东并不住在自己的新房子里，而是每月花二千元在大楼对面租了一间低矮的平房，内部黝黝暗暗，大约只有五坪大。我原先以为他不习惯住大厦，后来才知道是为了省钱，他说："我只有一个人，住这样的房子尽够了。"

更妙的是，我们几家住户为了安全起见，想要请一个大楼管理员，这事被房东知道了，他不允，原因到后来我们才知道，是他自己想当管理员。"这楼有一半是我的，当然由我自己当管理员。"于是，这位"当然管理员"自订管理费，举凡大楼的清洁、公共电费、更换抽水马达，全是他一手包办，从不经过住户同意，先执行以后再来收费，住户虽有怨言也懒得与他争辩，因为他最后总是说："这大楼有一半是我的。"

房东先生在日据时代没有机会受教育，除了算钱方面非常清楚，其他大字一个不识。有一天他来我家敲门，说要请我帮忙，支支吾吾半天才搞清楚，他要请我帮他写一级贫民的申请书，他不知哪里听来说没有职业的人，可以申请市政府的社会补助。我听了不免大笑，对他说："如果你也算是一级贫民，那我们都要到街上去当乞丐了。"他才打消了做一级贫民的念头。

说起来，我们的房东并没有错，而是我们的社会突然之间转变得快速，令他无以适应，由于五六十年俭省的生活，要说他舍不得花钱也不尽然，有时是无从用起。他失去了土地，每天仿若游魂一样在垃圾堆里捡拾可出售的字纸，到了夜里，则自己搬一张椅条坐在幽黝的马路旁边挥着纸伞，尤其是夏天，他时常呆坐一夜。有时我夜里回家，看到角落里又瘦又长的一具黑影，竟如同翻开一张上一个时代的老相簿，看到一个时代的流光余影。

房东的房东，则是比房东贫穷的一家，才从乡下搬迁来都市不久的农人。他们花月租五千元租到一个平房，大约有三十坪大小，本来一家祖孙三代人口住起来已经勉强，为了俭省，硬是划出五坪来租给我的房东。

这家人原在嘉义务农，因农村生活不易，才来都市谋生，他们姓简，简单的简。简老先生仗着自己和儿子在农田锻炼的强健体魄，到都市新建大楼的工地游牧似的打着零工，生活对他们仍是艰困的，因此不得不教老伴和媳妇夜里到通化街上卖沙茶牛肉，白日里，那勤勉的媳妇则为人洗涤衣裳，我们附近的大楼，所有家庭的衣服全由他的媳妇收洗。

每天早晨，简老先生和儿子出门上工地，简老太太开始把砧板、椅子搬到门口的马路边，将一大块一大块的牛肉切成细片，并且熟练地切着成捆成捆的菠菜，以及剁碎辣椒、葱蒜等等。她的媳妇则就着水龙头洗着堆积如山的衣服，四个儿女则在附近的停车场玩耍。是一幅都市角落里真实生活的图绘。

夜间，简老先生和儿子下工回来，一家人推着摊车到通化街去，要忙到深宵才回来。他们是那样坚强沉默地生活着，常常几天里听不见一家人说一句话，尤其是那个年轻的媳妇令我印象深刻。她早上洗衣，下午帮婆婆准备牛肉摊子的事,晚上则在摊边掌厨;她只有一只眼睛,皮肤红里泛黑,是典型的农村壮妇。每次看到她的辛劳,我总感觉到自己的卑微,深知许多小人物的伟大是不用一言就散发出来的。

有时候,媳妇把衣服送来我家,随便坐坐,也会逗我们的孩子玩耍,她会在无意间谈起他们的乡间生活,一家人贫穷而安详的过去。有一回谈着谈着竟落了泪,不是因为不能适应都市,而是说道:"我们一家人在乡下,因为耕田的缘故,根本是不吃牛肉的。没想到来了台北,却靠卖牛肉为生,我担家(公公)常为这样而痛心着。"忍不住泪就糊了眼睛。

那时从一个媳妇的口中,我真体会到曾在乡下疼惜过耕牛的老人,如今却卖起牛肉的心情。

她的先生是几年来仿佛没有开过口的,中年有力气的身躯,放工的时候则蹲在门口一口口地吞吐着香烟,他蹲踞的姿势还是非常乡间的,就像围在庙口蹲在地上和人下象棋的样子,只是眼前没有象棋,而村人与庙则在他的烟里,升进屋顶的一角。偶尔打起自己的孩子像泄气,一个巴掌五条红印,我在都市就没有见人那样的打过孩子,他是那种爱着孩子也不能表达的人。有一次看他打得孩子嚎啕,自己就在墙角揉着眼睛,原因后来他的太太才告诉我:"他是气孩子!不像在乡下那样单纯了。"

我想,他如果用乡下的标准来看这个变动的城市,来衡量自己的孩子,他恐怕永远要蹲在门口沉默地抽烟了。

在我们的巷口另有一间小屋,由于它的土地太小又呈不规则的三角形,所以不能像一般的土地盖起大楼。屋中住了一家四口,以洗车为业,家长是退伍军人。显然与妻子的年龄相差不少,一对儿女各在国中国小就读,他们每天天不亮时就沿着整条街洗过来,儿女一起帮忙,一直工作到天亮,小孩子去上学,父母则继续在小屋门口洗那些零星的车，直到天黑才收起水桶回家。

不要小看这洗车的行业，有一次家长告诉我，他们辛苦工作，一家人合起来也有五万元收入，远远超过一般的职员，他感叹地说："有车子的人自己都是不洗车的。"过了几年，他们搬迁新家，就住在街对角的大楼里，全是洗车钱买下来的，那里的地价一坪接近九万，可是他们每天还是出来洗车，工作是那样辛劳，但想起他们得到的回报，使我觉得在这寂寞都市中，还有很多充满热力工作着的人。

对于住在我家附近，生活劳苦卑微的人，我有较多的了解，但与我住在同一大楼里的人家，我就所知很少了，住了四年多，我只认识了三户。原因很简单，因为大家每天都大门深锁，偶尔见面是招呼都不打的，反而不如住在平房的人那么亲切。

我认识的第一个邻居，是住在我对门的夫妇，到现在我还不清楚他们的职业。只见邻人太太每天牵着北京狗在附近散步，不管什么时候她都是盛装的，脸上整洁、衣着光鲜，仿佛随时准备赴宴，他们夫妻还算亲切，但是问起在何处工作则全是神秘地笑笑。

我想他们不论做何工作，麻将一定是他们的副业，一年三百六十五天里，几乎有三百六十天隔壁会传来吵人的麻将声，夜里固然是打麻将的好时间，常常清晨或中午也是麻将声不断。他们的牌搭都是陌生的面孔，川流不息，一个家庭打麻将到这种地步，还是我所仅见。

深夜工作时，听到隔墙传来的麻将声，我总为这整个都市深深地悲哀。难道除了麻将，没有别的事可以做了吗？问题是，我从来不知道他们除了麻将还有什么别的事，也许，将来也不能知道。

住在我楼上是一位歌星，是我住了两年才知道。我过去总为楼上的弦歌不断感到纳闷，以为住了一位热衷于歌唱的少女。夜里独坐阳台就如同在欣赏流行歌的表演，唯一不同的是，这表演一再重复，有时一首歌唱了百次。

有一回看完周末下午无聊的电视综艺节目，坐电梯时才赫然看见楼上的少女，她的脸孔是在刚刚的电视里看见的，这时才知道她是一位歌星，而且名气还不算小。

　　"刚刚在电视上看见你唱歌，你的歌唱得不错。"我说。

　　她嫣然地笑起来，颇以能被邻人认出而高兴的样子，我们就是这样认识的。

　　和一般的歌星相同，她的脸时常都是五彩缤纷，像是刚从舞台归来，或正要上台的样子，身上的香水足以令意志薄弱的人窒息——我每次独坐电梯闻到浓浓的香水味，就知道我的歌星邻居刚刚出门了。

　　歌星开着一部深蓝色的BMW大轿车，她的作息时间不定，唯一知道的是她每天练歌不辍。听说她来自东部一个偏远的乡下（是在报纸上知道的），已经在这个复杂的圈子里唱了十几年，报纸上还刊出她刚出道不久清纯的相片，那张相片与她现在的样子简直无法联想了。

　　看到歌星，我脑子里就浮起无以数计的乡下少女，她们做着明星的美梦，依据着电视来改变自己，脸上的化妆和电视上一样，身上的衣服依据电视剪裁，甚而一举手一投足全是模仿着电视，有一天她终于上了电视，就和原来的自己远远不同了。我的邻居歌星算是幸运的，虽然没有机会出唱片，没有机会成为当红的歌星，或没有自己的歌，但她听说也是秀约不断地能在灯红酒绿的舞台上演唱了。

　　第三户我认识的邻居最近搬走了。

　　他原来是一个房地产公司的老板，每天西装革履，开着一部意大利的法拉利跑车，是白色的，车身上还喷了一只振翅的老鹰，和他的人一样的飞扬。前几年房地产好的时候，他拥有不少房子，也挣了很多钱，不知道为什么，短短一年不但钱赔光了，房子让给别人，连唯一的住家也廉价卖掉，不知搬往何方。

　　我大楼的邻人们是目前典型的台北人，他们打一圈麻将，踩一下油门，唱一首歌，可能是位在对门矮房子的邻居苦苦工作一个月的代价。那些矮屋中的人是"都市的乡下人"，他们位在都市，心情还是乡间的，甚至生活方式也简单一如乡下。大家住在同一个巷子里，生活却天差地别，我有时很能体会到对面坐在阴暗角落的邻人，他们生活的实质，有时又仿佛知道住在大楼中的人生活的无奈。

如果我们愿意留心，在这个都会中，到处都是"阴阳巷"，都是与生活挣扎搏斗的痕迹。走在都市里其实像走在一本书架上的相簿，有时是黑白的，翻了几页突然看到一页彩色，黑白自有其美，彩色也有虚妄的一面。

问题是，黑白页里的人往往向往着彩色，而有了彩色的人又都忘记了他们黑白照片中的一段日子。

这是台北。而且是一九八四年的台北。

欧威尔正躲在一个黑暗的地方，冷冷地微笑。

命脉

深夜与几位好友饮酒，不知道为什么就谈到徐志摩，一位朋友说："徐志摩是被胡适害死的。"

他这句话使我们都大吃一惊，因为徐志摩坐飞机撞死已是众人皆知的事，当然要问一问为什么。

他说："徐志摩本来与陆小曼在上海生活得好好的，是胡适坚请他到北京大学去教书，他只好在京沪之间往返奔波，也才会导致后来在回上海的途中撞机死亡，如果胡适没有请他去北京教书，他也许就不会死了。"

我们听了都很不以为然，另一位朋友说："倘若按照你这种说法，害死徐志摩的是陆小曼不是胡适之，以徐志摩在上海三个学校教书的收入应该可以过很安适的生活，可是陆小曼挥霍无度，他只好到北京大学兼课，最后才会撞死。当然，婚后生活不美满也是原因之一，人在情绪不好的时候，什么事情都可能发生。"

我说:"如果这么说,应该说是徐志摩害死了自己,他假如不是个浪漫主义者,不目光不明地追求陆小曼,后来也不会生出这么多的事情了。"

我们就为了"徐志摩是被谁害死的"这个无聊的题目,做了很久的口舌之争,最后有一个朋友激动地站起来说:"徐志摩死得好!一个人得了盛名而在英年死去是最好的事,你们想想,如果徐志摩不死,生了一堆孩子,最后与陆小曼离婚收场,到底是什么景象?生在现代社会坐汽车、乘飞机撞死是最幸福的事,试想,徐志摩当年死得痛快,也留下了他风流潇洒的形象,如果他老来缠绵病榻,瘦陋无比,我们心中将做何感叹!"

我们的这个争论当然是毫无意义,可是从另一方面说,却追索了徐志摩死前一些命运的基因,其中一个环节扣一个环节,好像任何一件事发生前都有必然的征兆,是不能勉强,不能逃避,不可推拒的。

真实人生中也是如此,有果必有花,有花必有叶,有叶必有干,有干必有芽,有芽必有种,有种必有果,在哪里循环在哪里呼应。我们可以单独看那些芽种和花果,但其中有不可切割的关系。恐怕这就是命运的逻辑吧!

报道工作做久了,使我常喜欢去追问:"为什么?"这样的问题问久了时常有惊人的发现,发现没有因的果一定是个谜题,或者是个谎言,多问"为什么?"实在有助于发现问题的真相。

我童年的时候生长在农场,养了许多动物,种了许多植物,我最喜欢观察它们生长的过程,发现凡是有生命的东西都有它不可规避的脉络。

有一次,我们家的一条牛生病,不久就死了。过几天,又有一条牛患病死亡,大人们都说得了"牛瘟",请兽医来打针检查,发现每一条牛的健康都十分良好,兽医离开后的下午,却又莫名其妙地死了一条

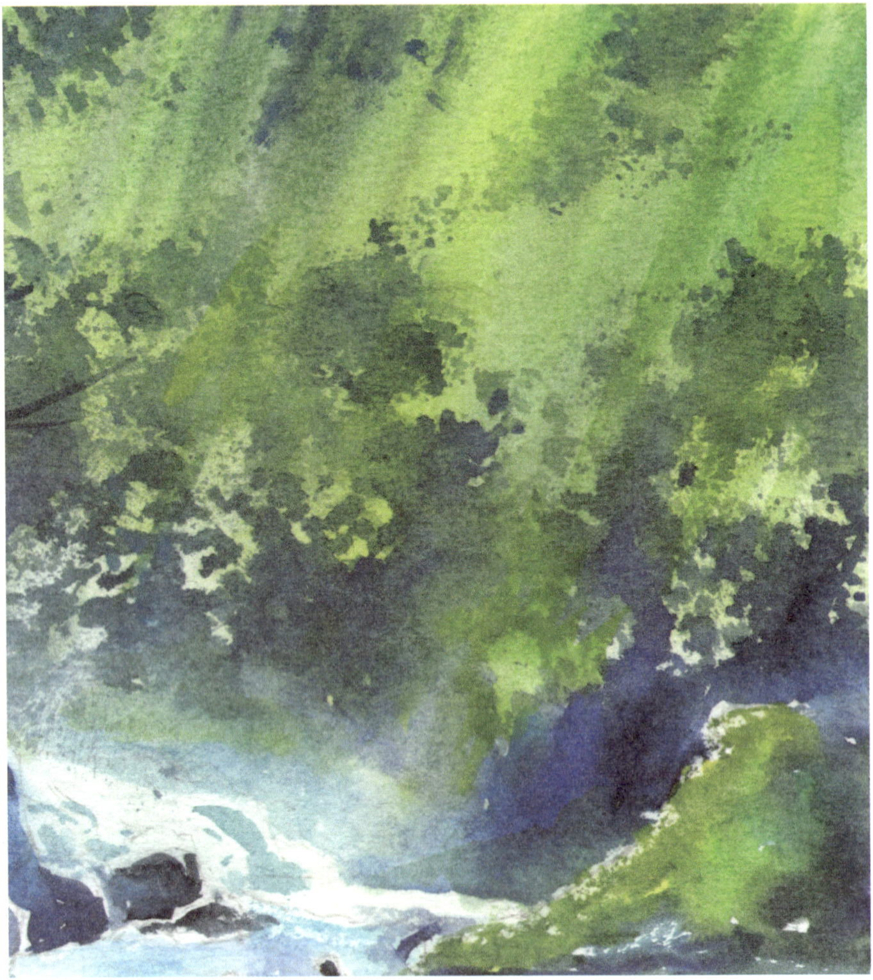

牛。

我每天放牛的时候就留神着这件事，看牛在哪里饮水，吃些什么草，后来我发现有一条牛吃了树薯叶子，回家后就病倒了，病情和以前的牛死去的情形一模一样，我做出一个结论："牛吃树薯叶了是会生病和死亡的。"就这样，我们家的牛后来就活得健康而强壮。

这是我童年时代非常得意的一件事，使我知道没有动物会无缘无故死亡，也没有人会无缘无故挫败。

最近，我有很多朋友遭到情感和婚姻的变故，我一直相信其中必有因果，也许那因果是残酷的，也只有接受。

有一位朋友的未婚妻和别人结婚前写信给他，开头是："请相信，我是永远爱着你的；请相信，失去你是我这一生最大的遗憾；请相信，我们过去四年的相知相爱是多么和谐美好……"朋友流泪拿那封信给我看，我看不下去，只有粗鲁地咒骂："都是狗屁！"

事后愤怒平息了，想想这些狗屁也有狗屁的道理，里面可以追出许多可悯或可笑的因果，可是我们中国人对于解释不清的因果，就用一个字来了结，这个字叫做"缘"。好玩的是，世间竟充满许多变异无常的、啼笑皆非的缘。

我认为，一个常常思考因果的人一定会在经验中得到可贵的教训，使自己清醒，也使别人清醒。因为了解"因果"，可以使心理得到均衡，可以体会到做人的质量（知所善恶），可以明白做人的重量（知所警惕），一个人在能洞彻因果的时候，他就完成了。

命运是可信的东西，但不是牢不可破，有的人命不好，运好，一定有使他运好的因；有的人命好，运不好，也一定有使他运坏的因。这样想时，徐志摩的死，朋友的情感大变，也都能洞彻了。

原来，这个世界充斥着的是命好运不好的人！

怀君与怀珠

在清冷的秋天夜里,我穿过山中的麻竹林,偶尔抬头看见了金黄色的星星,一首韦应物的短诗突然从我的心头流过:

> 怀君属秋夜,
> 散步咏凉天;
> 空山松子落,
> 幽人应未眠。

我很为这瞬间浮起的诗句而感到一丝震动,因为我到竹林,并不是为了散步,而是到一间寺院的后山游玩,不觉间天色就晚了(秋日的夜有时来得出奇的早),我就赶着回家的路,步履是有点匆忙的。并且,四周也没有幽静到能听见松子的落声,根本是没有一株松树的,耳朵里所听见的是秋风飒飒的竹叶(夜里有风的竹林还不断发出伊伊歪歪的声音),为什么这一首诗会这样自然地从心田里开了出来？

也许是我走得太急切了，心境突然陷于空茫，少年时期特别钟爱的诗就映现出来。

我想起了上一次这首诗流出心田的时空，那是前年秋天我到金门去，夜里住在招待所里，庭院外种了许多松树，金门的松树到秋冬之际会结出许多硕大的松子。那一天，我洗了热乎乎的澡，正坐在窗前擦拭湿了的发，忽然听见院子里传来哔哔剥剥的声音，我披衣走到庭中，发现原来是松子落在泥地的声音，"呀！原来松子落下的声音是如此的巨大！"我心里轻轻地惊叹着。

捡起了松子捧在手上，韦应物的诗就跑出来了。

于是，我真的在院子里独自地散步，虽然不在空山，却想起了从前的、远方的朋友，那些朋友有许多已经多年不见了，有一些也失去了消息，可是在那一刻仿佛全在时光里会聚，一张张脸孔，清晰而明亮。我的少年时代是极平凡的，几乎没有什么可歌可泣的事迹，但是在静夜里想到曾经一起成长的朋友，却觉得生活里是可歌可泣的。

我们在人生里，随着岁月的流逝而感觉到自己的成长（其实是一种老去），会发现每一个阶段都拥有了不同的朋友，友谊虽不至于散失，聚散却随因缘流转，常常转到我们一回首感到惊心的地步。比较可悲的是，那些特别相知的朋友往往远在天际，泛泛之交却近在眼前，因此，生活里经常令我们陷入一种人生寂寥的境地，"会者必离"，"当门相送"，真能令人感受到朋友的可贵，朋友不在身边的时候，感觉到能相与共话的，只有手里的松子，或者只有林中正在落下的松子！

在金门散步的秋夜，我还想到《菜根谭》里的几句话："风来疏竹，风过而竹不留声；雁渡寒潭，雁去而潭不留影。故君子事来而心始现，事去而心随空。"朋友的相聚，情侣的和合，有时心境正是如此，好像风吹过了竹林，互相有了声音的震颤，又仿佛雁子飞过静止的潭面，互

相有了影子的照映，但是当风吹过，雁子飞离，声音与影子并不会留下来。可惜我们做不到那么清明一如君子，可以"事来而心始现，事去而心随空"，却留下了满怀的惆怅、思念，与惘然。

平凡人总有平凡人的悲哀，这种悲哀乃是寸缕缠绵，在撕裂的地方、分离的处所，留下了丝丝的穗子。不过，平凡人也有平凡人的欢喜，这种欢喜是能感受到风的声音与雁的影子，在吹过飞离之后，还能记住一些椎心的怀念与无声的誓言。悲哀有如橄榄，甘甜后总有涩味；欢喜则如梅子，辛酸里总有回味。

那远去的记忆是自己，现在面对的还是自己，将来不得不生活的也是自己，为什么在自己里还有另一个自己呢？站在时空之流的我，是白马还是芦花？是银碗或者是雪呢？

我感觉怀抱着怀念生活的人，有时像白马走入了芦花的林子，是白茫茫的一片，有时又像银碗里盛着新落的雪片，里外都晶莹剔透。

在想起往事的时候，我常惭愧于做不到佛家的境界，能对境而心不起，我时常有的是对于逝去的时空有一些残存的爱与留恋，那种心情是很难言说的，就好像我会珍惜不小心碰破口的茶杯，或者留下那些笔尖磨平的钢笔，明知道茶杯与钢笔都已经不能再使用了，也无法追回它们如新的样子。但因为这只茶杯曾在无数的冬夜里带来了清香和温暖，而那支钢笔则陪伴我度过许多思想的险峰，记录了许多过往的历史，我不舍得丢弃它们。

人也是一样，对那些曾经有恩于我的人，那些曾经爱过我的朋友，或者那些曾经在一次偶然的会面启发过我的人，甚至那些曾践踏我的情感，背弃我的友谊的人，我都有一种不忘的本能。有时不免会苦痛地想，把这一切都忘得干净吧！让我每天都有全新的自己！可是又觉得人生的一切如果都被我们忘却，包括一切的忧欢，那么生活里还有什么情趣呢？

我就不断地在这种自省之中，超越出来，又沦陷进去，好像在野地无人的草原放着风筝，风筝以竹骨隔成两半，一半写着生命的喜乐，一半写着生活的忧恼，手里拉着丝线，飞高则一起飞高，飘落就同时飘落，拉着线的手时松时紧，虽然渐去渐远，牵挂还是在手里。

但，在深处里的疼痛，还不是那些生命中一站一站的欢喜或悲愁，而是感觉在举世滔滔中，真正懂得情感，知道无私地付出的人，是愈来愈少见了。我走在竹林里听见飒飒的风声，心里却浮起"空山松子落，幽人应未眠"的句子正是这样的心情。

韦应物寄给朋友的这首诗，我感受最深的是"怀君"与"幽人"两词，怀君不只是思念，而有一种置之怀袖的情致，是温暖、明朗、平静的，当我们想起一位朋友，能感到有如怀袖般贴心，这才是"怀君"！而幽人呢？是清雅、温和、细腻的人，这样的朋友一生里遇不见几个，所以特别能令人在秋夜里动容。

朋友的情义是难以表明的，它在某些质地上比男女的爱情还要细致，若说爱情是彩陶，朋友则是白瓷，在黑暗中，白瓷能现出它那晶明的颜色，而在有光的时候，白瓷则有玉的温润，还有水晶的光泽。君不见在古董市场里，那些没有瑕疵的白瓷，是多么名贵呀！

当然，朋友总有人的缺点，我的哲学是，如果要交这个朋友，就要包容一切的缺点，这样，才不会互相折磨、相互伤害。

包容朋友就有如贝壳包容怀里的珍珠一样，珍珠虽然宝贵而明亮，但它是有可能使贝舌受伤的，贝壳要不受伤只有两个法子，一是把珍珠磨圆，呈现出其最温润光芒的一面，一是使自己的血肉更柔软，才能包容那怀里外来的珍珠。前者是帮助朋友，使他成为"幽人"，后者是打开心胸，使自己常能"怀君"。

我们在混乱的世界希望能活得有味，并不在于能断除一切或善或恶的因缘，而要学习怀珠的贝壳，要有足够广大的胸怀来包容，还要有足够柔软的风格来承受！

但愿我们的父母、夫妻、儿女、伴侣、朋友都成为我们怀中的明珠，甚至那些曾经见过一面的、偶尔擦身而过的、有缘无缘的人都成为我怀中的明珠，在白日、在黑夜都能散放互相映照的光芒。

黑暗的剪影

在新公园散步，看到一个"剪影"的中年人。

他摆的摊子很小，工具也非常简单，只有一把小剪刀、几张纸，但是他剪影的技巧十分熟练，只要三两分钟就能把一个人的形象剪在纸上，而且大部分非常的酷肖。仔细地看，他的剪影上只有两三道线条，一个人的表情五官就在那三两道线条中活生生地跳跃出来。

那是一个冬日清冷的午后，即使在公园里，人也是稀少的，偶有路过的人好奇地望望剪影者的摊位，然后默默地离去；要经过好久，才有一些人抱着姑且一试的心理，让他剪影，因为一张二十元，比在相馆拍张失败的照片还要廉价得多。

我坐在剪影者对面的铁椅上，看到他生意的清淡，不禁觉得他是一个人间的孤独者。他终日用剪刀和纸捕捉人们脸上的神采，而那些人只像一条河从他身边匆匆流去，除了他摆在架子上一些特别传神的，用来做样本的名人的侧影以外，他几乎一无所有。走上前去，我让剪影者为我剪一张侧脸，在他工作的时候，我淡淡地说："生意不太好呀？"没想到却引起剪影者一长串的牢骚。他说，自从摄影普遍了以后，剪影的生意几乎做不下去了，因为摄影是彩色的，那么真实而明确；而剪影是黑白的，只有几道小小的线条。

他说："当人们太依赖摄影照片时，这个世界就减少了一些可以想象的美感，不管一个人多么天真烂漫，他站在照相机的前面时，就变得虚假而不自在了。因此，摄影往往只留下一个人的形象，却不能真正有一个人的神采；剪影不是这样，它只捕捉神采，不太注意形象。"我想，那位孤独的剪影者所说的话，有很深切的道理，尤其是人坐在照相馆灯下所拍的那种照片。

他很快地剪好了我的影，我看着自己黑黑的侧影，感觉那个"影"是陌生的，带着一种连我自己都不敢相信的忧郁，因为"他"嘴角紧闭，眉头深结，我询问着剪影者，他说："我刚刚看你坐在对面的椅子上，就觉得你是个忧郁的人，你知道要剪出一个人的影像，技术固然重要，更重要的是观察。"

剪影者从事剪影的行业已经有二十年了，一直过着流浪的生活，以前是在各地的观光区为观光客剪影，后来观光区也被照相师傅取代了，他只好从一个小镇到另一个小镇出卖自己的技艺，他的感慨不仅仅是生活的，而是"我走的地方愈多，看过的人愈多，我剪影的技术就日益成熟，捕捉住人最传神的面貌，可惜我的生意却一天不如一天，有时在南部乡下，一天还不到十个人上门"。作为一个剪影者，他最大的兴趣是观察，早先是对人的观察，后来生意清淡了，他开始揣摩自然，剪花鸟树木，剪山光水色。"那不是和剪纸一样了吗？"我说。

"剪影本来就是剪纸的一种，不同的是剪纸务求精细，色彩繁多，是中国的写实画；剪影务求精简，只有黑白两色，就像是写意了。"因为他夸说什么事物都可以剪影，我就请他剪一幅题名为"黑暗"的影子。剪影者用黑纸和剪刀，剪了一个小小的上弦月和几粒闪耀的星星，他告诉我："本来，真正的黑暗是没有月亮和星星的，但是世间没有真正的黑暗，我们总可以在最角落的地方看到一线光明，如果没有光明，黑暗就不成其黑暗了。"

我离开剪影者的时候，不禁反复地回味他说过的话。因为有光明的对照，黑暗才显得可怕，如果真是没有光明，黑暗又有什么可怕呢？问题是，一个人处在最黑暗的时刻，如何还能保有对光明的一片向往。

现在这张名为"黑暗"的剪影正摆在我的书桌上，星月疏疏淡淡地埋在黑纸里，好像很不在意似的，"光明"也许正是如此，并未为某一个特定的对象照耀，而是每一个有心人都可以追求。

后来我有几次到公园去，想找那一位剪影的人，却再也没有他的踪迹了，我知道他在某一个角落里继续过着飘泊的生活，捕捉光明或黑暗的人所显现的神采，也许他早就忘记曾经剪过我的影子，这丝毫不重要，重要的是我们在一个悠闲的下午相遇，而他用二十年的流浪告诉我："世间没有真正的黑暗。"即使无人顾惜的剪影也是如此。

生命的化妆

我认识一位化妆师。她是真正懂得化妆,而又以化妆闻名的。

对于这生活在与我完全不同领域的人,我增添了几分好奇,因为在我的印象里,化妆再有学问,也只是在皮相上用功,实在不是有智慧的人所应追求的。

因此,我忍不住问她:"你研究化妆这么多年,到底什么样的人才算会化妆?化妆的最高境界到底是什么?"

对于这样的问题,这位年华已逐渐老去的化妆师露出一个深深的微笑。她说:"化妆的最高境界可以用两个字形容,就是'自然'。最高明的化妆术,是经过非常考究的化妆,让人家看起来好像没有化过妆一样,并且这化出来的妆与主人的身份匹配,能自然表现那个人的个性与气质。次级的化妆是把人突显出来,让她醒目,引起众人的注意。拙劣的化妆是一站出来别人就发现她化了很浓的妆,而这层妆是为了掩盖自己的缺点或年龄的。最坏的一种化妆,是化过妆以后扭曲了自己的个

性，又失去了五官的协调，例如小眼睛的人竟化了浓眉，大脸蛋的人竟化了白脸，阔嘴的人竟化了红唇……"

没想到，化妆的最高境界竟是无妆，竟是自然，这可使我刮目相看了。

化妆师看我听得出神，继续说："这不就像你们写文章一样？拙劣的文章常常是词句的堆砌，扭曲了作者的个性。好一点的文章是光芒四射，吸引了人的视线，但别人知道你是在写文章。最好的文章，是作家自然的流露，他不堆砌，读的时候不觉得是在读文章，而是在读一个生命。"

多么有智慧的人啊！可是，"到底做化妆的人只是在表皮上做功夫呀！"我感叹地说。

"不对的，"化妆师说，"化妆只是最末的一个枝节，它能改变的事实很少。深一层的化妆是改变体质,让一个人改变生活方式。睡眠充足、注意运动与营养,这样她的皮肤改善、精神充足,比化妆有效得多。再深一层的化妆是改变气质,多读书、多欣赏艺术、多思考、对生活乐观、对生命有信心、心地善良、关怀别人、自爱而有尊严,这样的人就是不化妆也丑不到哪里去,脸上的化妆只是化妆最后的一件小事。我用三句简单的话来说明,三流的化妆是脸上的化妆,二流的化妆是精神的化妆,一流的化妆是生命的化妆。"

化妆师接着做了这样的结论:"你们写文章的人不也是化妆师吗?三流的文章是文字的化妆,二流的文章是精神的化妆,一流的文章是生命的化妆。这样,你懂化妆了吗?"

我为了这位女性化妆师的智慧而起立向她致敬,深为我最初对化妆的观点感到惭愧。

告别了化妆师,回家的路上我走在夜黑的地方,有了这样深刻的体悟:这个世界一切的表相都不是独立自存的,一定有它深刻的内在意义,那么,改变表相最好的方法,不是在表相下功夫,一定要从内在里改革。

可惜,在表相上用功的人往往不明白这个道理。

好雪片片

在信义路上,常常会看到一位流浪的老人,即使热到摄氏三十八度的盛夏,他也穿着一件很厚的中山装,中山装里还有一件毛衣。那么厚的衣物使他肥胖笨重有如木桶。平常他就蹲坐在街角,歪着脖子,看来往的行人,也不说话,只是轻轻地摇动手里的奖券。

很少的时候,他会站起来走动,当他站起,才发现他的椅子绑在皮带上,走的时候,椅子摇过来,又摇过去。他脚上穿着一双老式的牛伯伯打游击的大皮鞋,摇摇晃晃像陆上的河马。

如果是中午过后,他就走到卖自助餐摊子的前面一站,想买一些东西来吃,摊贩看到他,通常会盛一盒便当送给他。他就把吊在臀部的椅子对准臀部,然后坐下去。吃完饭,他就地睡午觉,仍是歪着脖子,嘴巴微张。

到夜晚,他会找一块干净挡风的走廊睡觉,把椅子解下来当枕头,和衣,甜甜地睡去了。

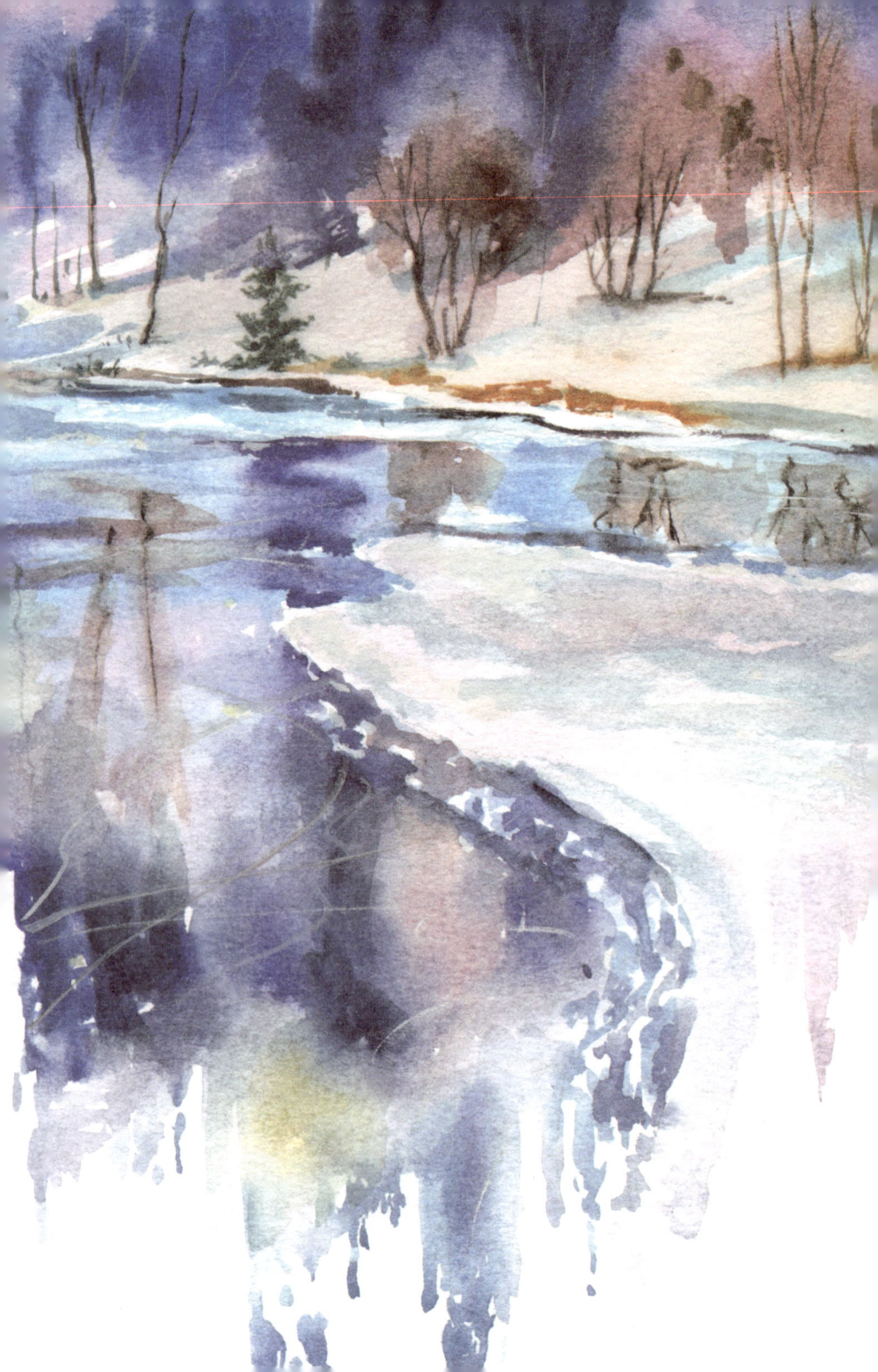

我观察老流浪汉很久了，他全部的家当都带在身上，几乎终日不说一句话，可能他整年都不洗澡的。从他的相貌看来，应该是北方人，流落到这南方热带的街头，连最燠热的夏天都穿着家乡的厚衣。

　　对于街头的这位老人，大部分人都会投以厌恶与疑惑的眼光，小部分人则投以同情。

　　我每次经过那里，总会向老人买两张奖券，虽然我知道即使每天买两张奖券，对他也不能有什么帮助，但买奖券使我感到心安，并使同情找到站立的地方。

　　记得第一次向他买奖券那一幕，他的手、他的奖券、他的衣服同样的油腻污秽，他缓慢地把奖券撕下，然后在衣袋中摸索着，摸索半天才掏出一个小小的红色塑胶套，这套子竟是崭新的，美艳得无法和他相配。

　　老人小心地要把奖券装进红色塑胶套，由于手的笨拙，使这个简单动作也十分艰困。

　　"不用装套子了。"我说。

　　"不行的，讨个喜气，祝你中奖！"老人终于笑了，露出缺几只牙的嘴，说出充满乡音的话。

　　他终于装好了，慎重地把红套子交给我，红套子上写着八个字："一券在手，希望无穷"。

　　后来我才知道，不管是谁买奖券，他总会努力地把奖券装进红套子里。慢慢我理解到了，小红套原来是老人对买他奖券的人，一种感激的表达。每次，我总是沉默耐心等待，看他把心情装进红封套，温暖四处流动着。

　　和老人逐渐认识后，有一年冬天黄昏，我向他买奖券，他还没有拿奖券给我，先看见我穿了单衣，最上面的两个扣子没有扣。老人说："你这样会冷吧！"然后，他把奖券夹在腋下，伸出那双油污的手，要来帮我扣扣子,我迟疑了一下,但没有退避。

老人花了很大的力气,才把我的扣子扣好,那时我真正感觉到人明净的善意,不管外表是怎么样的污秽,都会从心的深处涌出,在老人为我扣扣子的那一刻,我想起了自己的父亲,鼻子因而酸了。

老人依然是街头的流浪汉,把全部的家当带在身上,我依然是我,向他买着无关紧要的奖券。但在我们之间,有一些友谊,装在小红套里,装在眼睛里,装在不可测的心之角落。

我向老人买过很多很多奖券,从未中过奖,但每次接过小红套时,我觉得那一刻已经中奖了,真的是"一券在手,希望无穷"。我的希望不是奖券,而是人的好本质,不会被任何境况所淹没。

我想到伟大的禅师庞蕴说的:"好雪片片,不落别处!"我们生活中的好雪、明净之雪也是如此,在某时某地当下即是,美丽地落下,落下的雪花不见了,但灌溉了我们的心田。

梅香

一个有钱的富人,正在自家的花园里赏梅花。

那是冬日寒冷的清晨,艳红的梅花正以最美丽的姿容吐露,富人颇为自己的花园里能开出这样美丽的梅花,感到无比的快慰。

突然,门外传来敲门的声音,富人去开了门,发现一个衣衫褴褛的乞丐,在寒风里冻得直打抖,那乞丐已在这开满梅花的园外冻了一夜,他说:"先生,行行好,可不可以给我一点东西吃?"

富人请乞丐在园门口稍稍等候,转身进入厨房,端来一碗热气腾腾的饭菜,他布施给乞丐的时候,乞丐忽然说:"先生,您家的梅花,真是非常芳香呀!"说完了,转身走了出去。

富人呆立在那里,感到非常震惊,他震惊的是,穷人也会赏梅花吗?这是他自己从来不知道的。另一个震惊的是,花园里种了几十年的梅花,为什么自己从来没有闻过梅花的芳香呢?

于是,他小心翼翼地,以一种庄严的心情,深怕惊动了梅花似的悄悄走近梅花，他终于闻到了梅花那含蓄的、清澈的、澄明无比的芬芳，然后他濡湿了眼睛，流下了感动的泪水，为了自己第一次闻到了梅花的芳香。

是的，乞丐也能赏梅花，乞丐也能闻到梅花的香气，有的乞丐甚至在极饥饿的情况下，还能闻到梅花清明的气息。

可见得，好的物质条件不一定能使人成为有品位的人，而坏的物质条件也不会遮蔽人精神的清明，一个人没有钱是值得同情的，一个人一生都不知道梅花的香气一样值得悲悯。

一个人的品质其实与梅花相似，是无形的，是一种气息，我们如果光是赏花的外形，就很难品味到一个人隐在外表内部人格的香气。

最可叹的是，很少有人能回观自我，品赏自己心灵的梅香，大部分人空过了一生，也没体会到隐藏在心灵内部极幽微，但极清澈的自性的芳香。

能闻到梅香的乞丐也是富有的人。

现在，让我们一起以一种庄严的心情，走到心灵的花园，放下一切的缠缚，狂心都歇，观闻从我们自性中流露的梅香吧！

我唯一的松鼠

我拥有的第一只动物是一只小松鼠,那是小学一年级的事了。小学一年级,我家住在乡间,有一日从学校回家在路边捡到一只瘦弱颤抖的小松鼠,身上的毛还未长全,一双惊惧的刚张开的眼睛转来转去。我把它捧在手上,拼命地跑回家,好像捡到什么宝物,一路跑的时候还能感觉到松鼠的体温。

回家后,我找到一节粗大的竹筒剖成两半,铺上破布做了小松鼠的窝,可是它的食物却使我们全家都感到紧张:那时牛奶还不普遍,经过妈妈的建议,我在三餐煮饭的时候从上面捞取一些米汤,用撕破的面粉袋子沾给它吃。饥饿的松鼠紧紧吸吮着米汤使我们都安心了。

慢慢地,那只松鼠长出光亮的棕色细毛,也能一扭一扭地爬行。每天为它准备食物,成为我生活里最快乐的事。幸好我们住在乡间,家里还有果园,我时常去采摘熟透的木瓜、番石榴、香蕉,小心地捣碎来喂我的松鼠。它快速的长大从尾巴最能看出来,原来无毛细瘦的尾巴,走起路来拖在地上的尾巴,慢慢丰满起来,长满松松的毛,还高傲地翘着。

从爬行、跑路到跳跃竟如同瞬间的事,一个学期还未过完,松鼠已经完全成长为一个翩翩的少年了。

小松鼠仿佛记得我的救命之恩,非常乖巧听话。白天我去上学的时候,它自己跑到园里去觅食,黄昏的时候就回到家来躲进自己的窝。夜里我做功课的时候,松鼠就在桌子旁边绕来绕去,这边跳那边跑,有时还跑来磨蹭人的脚掌。妈妈常说:"这只松鼠一点都不像松鼠,真像一只猫哩!"小松鼠的乖巧赢得了全家的喜爱。

有时候我早回家,只要在园子里吹几声口哨,它就像一阵风从园子里不知的角落窜出来,蹲在我的肩膀上,转着滴溜溜的眼睛,然后我们就在园子里玩着永不厌倦的追逐的游戏。松鼠跑起来姿势真是美,高高竖起的尾巴像一面迎风招展的旗子,那面旗跑在泥地上像一阵烟,转眼飞逝。

自从家里养了松鼠,老鼠也减少了,那是我第一次知道松鼠还会打老鼠,夜里它绕着房子蹦跳,可能老鼠也分不清它是什么动物,只好到别处去觅食了。

我家原来养了许多动物,有七八条猎狗土狗,是经常跟随爸爸去打猎的;有十几只猫,每天都在庭院里玩耍的。这些动物大部分来路不明,由于我家是个大家庭,日常残羹剩菜很多,除了养猪,妈妈常常用几个大盆放在院子里,喂食那些流落乡野的猫狗,日久以后,许多猫狗都留了下来;有比较好的狗,爸爸就挑出来训练它们捉野兔打山猪的本事,这些野狗们都有一分情,它们往往能成为比名种狗更好的猎犬;因为它们不挑食,对生命的留恋也不如名种狗,在打猎时往往能义无反顾,一往直前。

但是这些猫狗向来是不进屋的,它们的天地就是屋外广大的原野,夜里就在屋檐下各自找安睡的地方，清晨才从各角落冒出来。自从小松鼠来了以后，它是唯一睡在屋里的，又懂事可爱，特别得到家人的宠爱。原先我们还担心有那么多猫狗，松鼠的安全堪虑，后来才发现这种担心完全是不必要的，小松鼠和猫狗也玩得很好。我想，只要居住在一个无边的广大空间，连动物也能有无私的心。

有趣的是，小松鼠好像在冥冥中知道我是捡拾它回来的人，与我特别亲密，它虽然与哥哥弟弟保持良好的关系，但也仅止于召唤，从来不肯跳到他们身上，却常常在我做功课的时候就蹲在我的腿上睡着了。有时候我带松鼠到学校去，把它放在书包里，头尾从两边伸出，它也一点都不惊慌。

松鼠与我的情感，使我刚上学的时候有一段有声音有色彩、明亮跳跃的时光。同学们都以为这只松鼠受过特别的训练，其实不然，它只是路边捡来养大而已。我成年以后回想起来，才知道如果松鼠有过训练，唯一的训练内容就是一种儿童最无私最干净的爱。

隔年冬天的一个晚上，我吃过晚饭像往日一样回到书房做功课，为了赶写第二天大量的作业还特别削尖了所有的铅笔。松鼠如同往日，跳到我的毛衣里取暖，然后在书桌边绕来绕去玩一只小皮球。我的作业太多，赶写到深夜还不能写完，就伏在桌子上睡着了。

被夜凉冻醒的时候，我被眼前的影像吓呆了，放声痛哭。我心爱的松鼠不知何时已死在我削尖倒竖拿在手中的铅笔上，那枝铅笔正中地刺入松鼠的肚子，鲜血流满了我的整只右手，甚至溅满在笔记簿上，血迹已经干了，松鼠冰凉的身体也没有了体温。我到现在还清楚记得那一幅惊悸的影像，甚至我写的作业本也清楚记得。

那一天老师规定我们每个人写自己的名字两百遍，我的笔记本上密密麻麻地写着自己的名字，而松鼠的血则滴滴溅满在我的名字上，那一刻我说不出有多么痛恨自己的作业，痛恨铅笔，痛恨自己的名字，甚至

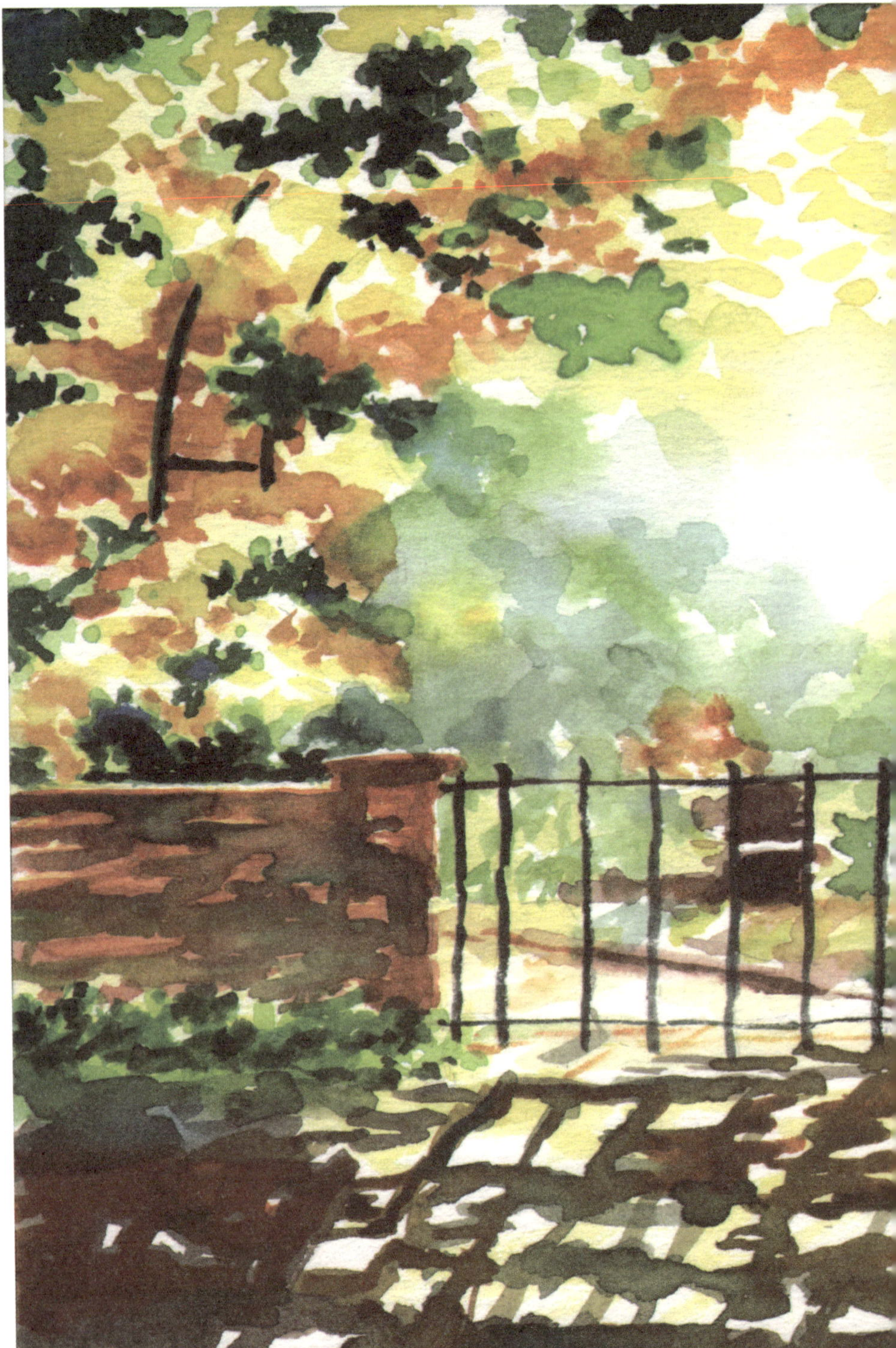

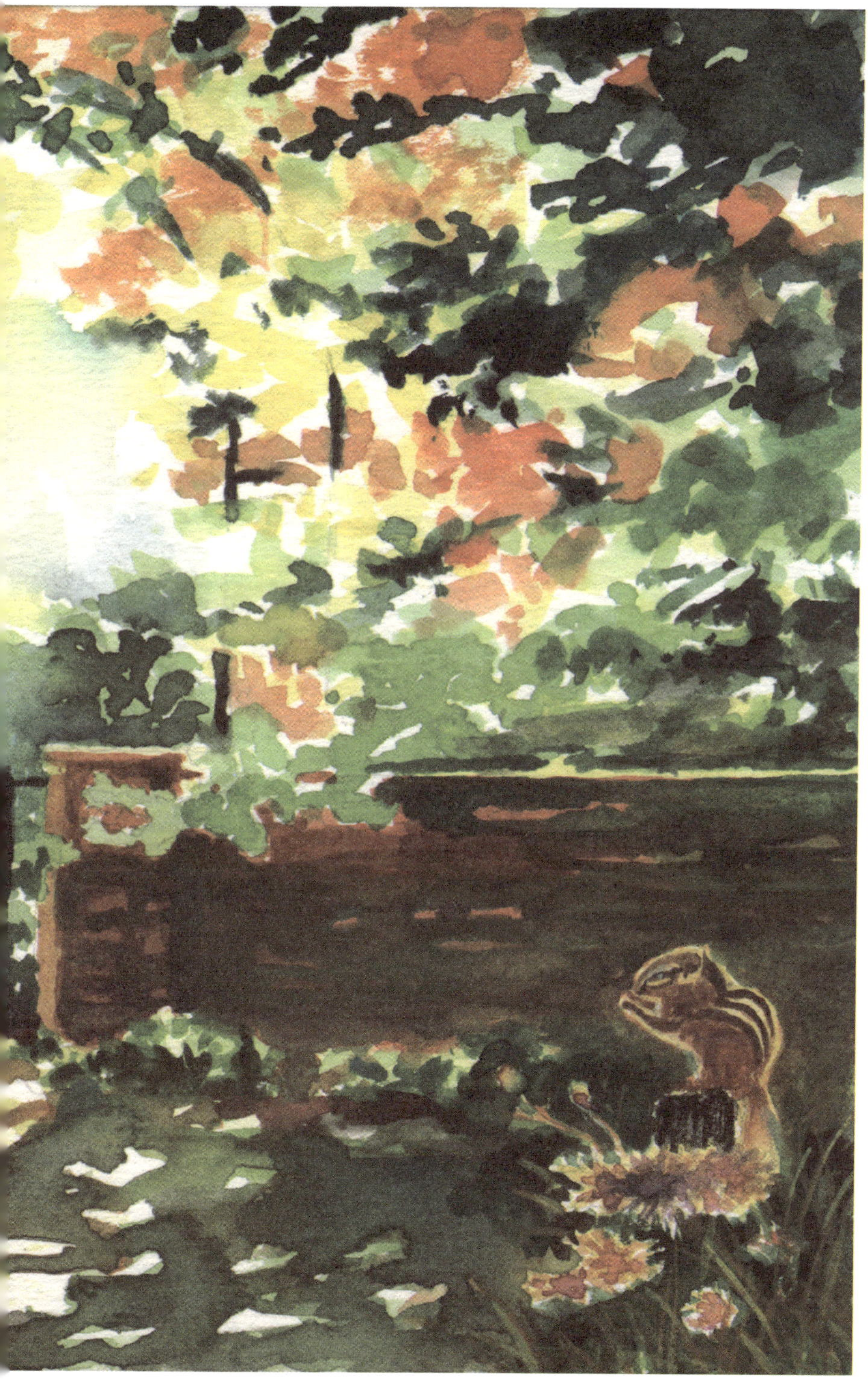

痛恨出作业的老师。我想，如果没有它们，我心爱的松鼠就不会死了。

我惊吓哀痛的哭声，吵醒了为明日农田上工而早睡的父母，妈妈看到这幅景象也禁不住流下泪来，我扑在妈妈怀里时还紧紧地抱住那只松鼠。我第一次养的动物，真正属于我自己的动物，就这样一夜间死了。死得何其之速，死得何等凄惨，如今我回想起来，心里还会升起一股痛伤的抽动。如果说我懂得人间有哀伤，知道人世有死别，第一次最强烈的滋味是松鼠用它的生命给了我的。我至今想不通松鼠为何会那样死去，一定是它怕我写不完作业来叫醒我，而一跳就跳到铅笔上——当时我确实是这样想的。

我把死去的松鼠，用溅了它的血的毛衣包裹，还把刺死它的铅笔放在一边，一起在屋后的蕉园掘了一个小小坟墓埋葬。做好新坟的时候，我站在旁边默默地流泪，那时也是我第一次知道，所有的物件与躯壳都可以埋葬，唯有情感是无法埋葬的，它如同松鼠的精魂永远活着。

　　后来我也养过许多松鼠，总是养大以后一跑就了无踪影，毫不眷恋主人，偶有一两只肯回家的，也不听使唤，和人也没有什么情感。每遇这种情况，我就疑惑，在松鼠那么广大的世界里，为什么偏有一只那么不同的、充满了爱的松鼠会被我捡拾，和我共度一段美好的时光呢？莫非这个世界在冥冥中真有什么特别的安排，使我们与动物也有一种奇特的缘分？

　　猫狗当然不用说了，在我成长的过程中，我养过老鹰、兔子、穿山甲、野斑鸠、麻雀、白头翁，甚至也养过一头小山猪、一只野猴，但没有一只动物能像第一只松鼠那样与我亲近，也没有一只像松鼠是被我捡拾、救活，而在我的手中死亡的。

　　松鼠的死给我的童年铺上一条长长的暗影，日后也常从暗影走出来使我莫名忧伤。经过廿几年了，我才确信人与动物、人与人间有一种不能测知的命运，完全是不能知解地推动我们前行，使我们一程一程地历经欢喜与哀伤，而从远景上看，欢喜与哀伤都是一种沧桑，我们是活在沧桑里的；就像如今我写松鼠的时候，心里既温暖又痛心，手里好像还染着它的血，那血甚至烙印在我写满的名字上，永世也不能洗清。它是我生命里唯一的动物，永远在启示我的爱与忧伤。

暹罗猫的一夜

朋友要出国前夕,坚持要送我一只暹罗猫,我虽然向来对猫没有什么好感,但朋友说:"如果你不领养它,我只好把它捉到市场去放生。"听起来非常的不忍心,才决定要收养那只猫。

看到猫的时候,我很为它的娇小而感到吃惊,因为这只猫才出生十五天,而朋友为了安排在台湾的后事,早把它的母亲送人了,只是为了这只小猫吃奶的问题,母猫还一直没有送走。"你一捉走小猫,下午就有人会来把母猫带走。"朋友说。

我不禁惶恐起来,问说:"可是这只小猫这么小,没有母亲的奶我怎么喂它呢?"

"去买个婴儿的奶瓶嘛!"朋友恶戏地说,"趁你还没有小孩,用猫来实习做父亲的滋味,我连名字都帮你取好了,叫Yoko!"

"为什么叫Yoko呢?"

"Yoko是日文名字,翻成中文是洋子。前几年被刺死亡的约翰·蓝侬（即约翰·列侬）的日本老婆就叫做大野洋子，老外人人都叫她Yoko，Yoko是个好名字呢！"

我想起了年轻时代与朋友一起着迷于披头士音乐的景况，那时就对蓝侬身边那个神秘、敏感、充满了古典艺术气息又糅合了东方现代气质的像猫一样的女人充满了好感，忍不住笑了起来，对朋友说："好，我决定收养大野洋子。"

洋子初到我们家的时候，毛还没有完全长全，稀稀疏疏绒绒的一团，眼睛半睁半闭的，看起来十分弱不禁风，可是行动的快速却令我吃惊，它可以在一瞬眼的时间飞奔过整个客厅，除非好意相求，否则无法逮住它。

我去买了一个最小号的奶瓶和奶嘴，回到家时才知道洋子的嘴巴张开到极限也不足以塞进奶嘴，它自己又不会吃，想要向朋友求告，他又刚刚才去了美国，眼看着洋子饿得乱转乱叫却又无法喂食，真把我急得一夜失眠。清晨点眼药水时灵机一动，就把整瓶眼药水挤光清洗干净，装了牛奶喂食，这下子十分灵光，总算让洋子吃了一顿牛奶大餐，虽然它食量奇小，一回只吃一瓶眼药水的量。

我用眼药水瓶子喂猫的消息很快地传开了，一时之间访客络绎不绝，都把洋子看成是我们新收养的女儿，有送奶粉的，有送罐头的，还有的周日接它到家里度周末，而洋子越来越美，又善于撒娇，我的朋友无非是打着如意算盘，等洋子生产以后能分到一只小暹罗猫。

我们确实把洋子当成是女儿一样，特别辟了一个房间给它，里面有一角还铺了沙堆，每日更换沙子，俨然如一间高级套房，夜里还说故事给它听，一有空闲就带它出外散步，遇有较长的旅行也把它带在身边，只除了没有送它上学，现代人对于女儿的关心与疼爱我们大概都做到了。

洋子也不负众望，长得亭亭玉立，苗条修长，线条之文雅，姿势之优良真是罕有其匹，它的毛色也不像其他暹罗猫身上披一团灰气，除了头尾稍带灰色，身上就像浅白的法兰丝绒，令人看了忍不住打心底喜欢。

它愈长大一点就愈发像个淑女，连叫声都是轻声娇嗔，不像小时候那样大吵大闹地胡来，有时候一天也不说一句话，只是窝在沙发里发呆或者梳理自己光洁的毛发。它吃东西和走路也开始有了讲究，吃东西时一定站得挺直有如淑女吃法国大餐，而且食量很小，很少把碗里的菜都吃完，用餐完毕还会抹抹嘴唇，把碗推到角落里去。走路更是细致，它从不走曲线，一向走的直线，无声无息地，像是顶着书练习走红毯的新娘。

不用说，它小时候随地大小便、哭闹不休、时常抓破椅背、拼死也不肯洗澡，喜欢舐人脚趾的坏习惯是早就改掉了。

太太看洋子变得那样淑女，也有一点喜不自胜，逢人便说："我家洋子如何如何……"时常说了半天，对方才知道话题的中心只是一只猫，因为她说起洋子的时候，脸上流露着母亲的光辉。有时候她抱起洋子亲了又亲十分不舍的样子对我说："你应该给你的女儿找个婆家了。"

这话说得也是，洋子再怎么说也是一只纯种的暹罗猫，总该找一头可以和它匹配的公猫，这种事女儿通常不好意思开口，做父亲的只好担起重责大任。我便先从亲戚朋友的名单中找养暹罗猫的家庭，还不时到宠物店里去寻找较好的血统，前前后后一共看了二十几只暹罗猫，最后选中了三只。我选女婿的条件非常简单，就是：一、身家清白，二、无不良嗜好，三、外貌英挺，四、身体健康，其他学历、年龄等等不在考虑之列。对方的条件也十分简单，生下来的儿女对半均分，如果是单数则女儿多分一只，如果是独生子就归女方所有。

这三位乘龙快婿于是开始分批住进我们家里来，先来的一只最年轻,夜里从洋子房间里传来怪叫连连,我对妻子说:"好事已经成了,其余两只可要退聘了。"第二天打开洋子的房内,屋里一团混乱,洋子蹲在墙角气呼呼地看着我,它的夫婿则是一溜烟跑到客厅,我趋前查看,才看到那只公猫的前胸后背都受了伤。这倒使我纳闷起来,不知道发生何事,只好帮公猫敷药送还它的主人,而洋子几天都不说话,我心想处女变成新娘大概都是如此,并未特别注意。但是经过很长时间,洋子都没有怀孕的迹象倒使我着急起来,不得不找来第二个女婿,当夜的情形也和洋子的初夜一样,吵闹不休,第二天这只年纪稍大颇有经验的公猫也负伤而出。

洋子的肚子仍然没有消息,但它显然开始不安于室了。每天在大门口走来走去,不安地徘徊,不时低声地呜咽。到了夜里更是大声小叫,如婴儿夜啼,再也不肯睡在房间里,每天都在窗户边张望。妻子看了不忍,说:"还是放它出去吧,这样也不是办法。"我是坚持不行的,就像严格的父亲不准女儿在外面过夜,我说:"如果这一刻放它出去,生了小猫我们一定会后悔的,还是给它找一位门当户对的吧!"当天火速进行,把第三位女婿请来,这个女婿可不是吴下阿蒙,它是宠物店中的种猫,娶过的女子何止千百,宠物店老板还拍胸脯保证百发百中,我看它老成持重的样子也就放了心,当夜让它们同房。

不幸的是,这第三位女婿也是负伤而出。这下子令我大感不解,不敢确知洋子所要的是什么,如果它不肯出嫁,那何至于夜夜在窗口叫春呢?如果它正合适于出嫁,为什么又对我们所挑选的门当户对的女婿不满呢?如果它的搏斗奋战是对我的抗议,我是不是应该让步,让它去找自己所要的呢?

不行!我在心里这样呐喊,因为我知道一旦把洋子放出去的结果。它从小就在这样小的空间长大,出去不认得路,很可能就沦为街上的野猫,即使认得路回来,一定肚子里要怀着马路上的野种,这是做父亲的不能忍受的事。

于是洋子又在我的禁令之下，在家里吵闹了几个礼拜，我则忙于给它物色新的公猫，这时我稍作让步，除了暹罗猫以外，波斯猫也行，说不定洋子喜欢洋人哩！

有一天回到家里，我惊奇地发现客厅落地窗的纱窗被抓破了一个大洞，而洋子却不见了踪影，很显然它是趁我们不在抓破纱窗，越墙而去。洋子的离家出走，使我们陷进了忧伤的境地中，好像一年来抚养、疼惜它的心神都白费了，也破坏了我们对它未来的妥善安排。

三天以后，洋子回来了，它蹲在楼梯口，看到我们深深地把头垂了下来，它全身像在泥巴里打滚过，而且浑身都是抓伤还未愈合的伤口。我只好帮它洗澡疗伤，好像父亲迎接离家归来的女儿，不忍责问它的去处，洋子则除了眼神，一直是默默地，不肯叫一声。

洋子终于怀孕了，我们只有忍痛接受了这个事实。几个月以后它生出了五只小猫，一只是白的，两只花的，两只黑的，而且两只花的也不同，一只有白趾；两只黑的又不同，一只的尾巴呈灰色。可以说五只小猫长得都不一样，除了身形还有一点暹罗猫的迹象，其他看起来就像街上到处翻垃圾找东西吃的野猫。我们看了以后大失所望，洋子大概也能了解我们这种心情，尽量把它的小孩移到隐秘的地方，有时候一天迁移两次，我们看了也于心不忍，只好承认它和它的孩子，并且开始给它买鱼坐月子。

一直到现在我还是不能明白，洋子为什么不肯接受我们的安排，宁可到街上去找它的对象呢？它是真的喜欢那些街上的野猫吗？还是只是为了抗拒我们所给它的安排？只是小孩子对父母的必然的反叛吗？

它到底在想什么呢？它挣脱着离家出走那一个晚上做了些什么？它的小猫是和什么样的公猫生的？是一只公猫呢？还是几只公猫？怎么小猫的颜色都不一样呢？

这些对我都是永远不能解开的谜题了，但是洋子的出走却启示了我的视野，了解到情感是非常微妙的东西，即使小小的一只猫都是争取着情感的自主和自由的吧!那么何况是一个人呢？做父母的人不明白这个道理，所以这个世界将会不断地有类似的悲剧发生。

　　当我把小猫载到市场放生时，想到我家洋子为了争取情感自由所付出的代价，差些些激动得落下泪来，因为这五只杂种猫没有人愿意收养，它们日后也将步上父亲流落街头的命运，而洋子在为自己抗争时是未曾想过这些的吧!

　　洋子比以前更成熟，似乎在这一次的教训里长大了许多，只是这个教训的代价未免太大了!

野炊

一次远行回来,家左近的大平房已经夷为平地了。那平房原本是附近大楼中唯一的三合院,有一座巨大的花园铺满朝鲜草,还种了桂花、夜来香、玫瑰、茶花等四季花卉。花园连着屋宇,围绕的是一堵齐胸高的围墙,墙上密密麻麻的九重葛,显出这是一家颇具历史的宅院。

园子里还有几棵高大的榕树,有时主人会坐在树下喝茶乘凉,房屋虽已老旧,但保存得好,白墙红瓦仍然相当精致。偶尔遇到屋里出来的人,无不是文质彬彬,礼数有加,令人称羡。

那一户人家,无疑是我们这些"大楼居民"最羡慕的一家,因为这年头在都市里,能住在有花有树、有土有草、有围墙有屋瓦的房子的人实在太少了。有一回遇到那家主人,我向他表达了心里的羡慕之意,想不到他的回答是意外的。

他说:"本来住这里是不错,可是自从这一带成为黄金地段以后,大楼连云,你看前后左右都是大楼,我们从早晨到黄昏,只有中午才照得到阳光,住在没有阳光的地方有什么意思呢?我还羡慕你们住大楼的人哩!至少不管早晨或黄昏总能见到阳光。"

我以为那只是主人的谦虚之词,没想到一趟旅行回来,他的房屋花园只剩下瓦砾一堆,花树也尸骨无存了,一家人不知搬往何处。过了几天,原来的红砖围墙变成一面铁墙,写着某某建设公司的字样,只留下南边一面的空隙,因为这边盖了一座工寮。

我有时候散步从那里经过,总是禁不住怀想那座庭园的旧日时光,它在脑中印象鲜明,却再也不能找到曾有美丽花园的证据,甚至连一株草也未曾留下。心里莫名地有一种失落,那不是我的屋子,也不是我的花园,只是这个时代为什么就不能容许一个像样花园的存在呢?

不久之后,南面工寮住进一群工人,他们辛勤地为大楼打着地基,中午只吃用简单的便当。黄昏下工后他们的晚餐就饶有兴味了。因为居住空间窄小,他们只好在瓦砾堆上烧饭做菜,趁着夜色尚未来临,众人围着晚餐,还边喝着米酒,一餐饭常常吃到夜深,还在黑暗中有着笑语。

我时常站在一旁看他们晚餐,工作服尚未换过的妇人忙碌地野炊,热腾腾的饭菜摆在缠电缆的巨大木轮上,在秋深的黄昏看起来特别可口。他们看见我也点头微笑,时日一久,其中的一位年长者邀我一起共进晚餐,他说的是农村里相互问候最简单的话:"吃饱未?做伙来!"

那夜我与他们共进晚餐,同用粗碗喝着米酒,才知道这些建筑工人们都是来自农村,都有亲戚关系;以一家人为中心,另外有堂兄弟,还有叔侄,有的做土水,有的叠砖,有的架鹰架,分工合作在都市里打天下,因为在外地互相照应,感情也特别的好。

至于他们离乡的原因,是乡下的农田收入不敷,只好举家到城市讨生活。他们的生活其实简单,一栋大楼盖完换一栋大楼,就像游牧民族。不同的是,游牧民族逐水草而居,他们逐工地而居;相同的是,心情上都有流浪的准备,随时迁徙。

我们谈起一些乡下的事，这些人在乡间，都拥有自己的房子，都是平房，屋前有庭院，屋后有农田，有一个四野开阔的世界。他们却舍弃那样的天地不要，一群人挤在二十坪不到的地方，连个厨房都没有，天天在瓦砾堆上野炊，与旧时农家四处升起炊烟的温暖真是不能相比。

野炊是有趣的，可是天天被逼着野炊，让人多少感到难过，万一刮了风下了雨，只好全家挤着吃便当。只要发了工钱，就全家到摊子上吃一顿，打打牙祭——这种生活，恐怕是仍留在乡村的人无以想象的。而更令我难过的是，都市的进展不但使得城里的人失去花园，连一些乡村的人也失去他们的土地了。这种失落，在表面上看当然是无伤的，城里人有大楼可住，还能享受早晨或黄昏的一点点阳光；乡村人还能住建筑工地，夜夜还能野宴，可是它总好像缺少了什么。从大时代的角度来看，是失落整个时代的花园，甚至也失落了人生在心头里的花园。

"花园的失落"是这个时代一个共同的悲剧，不论在城市或乡村，几乎都无法避免。我告辞在野外吃晚餐的"都市农人"，走出长长的巷子，心里这样悲哀地想着：有一天恐怕连一个快乐野炊的地方都要找不到了。

林妈妈水饺

市场里有个小摊,叫做"林妈妈水饺",做的饺子好吃是附近有名的。

我走过饺子摊的时候都会去买一些饺子回家,二十个一盒的饺子卖三十五元,三盒一百元,有时候就站在那里,欣赏林妈妈与她的先生包饺子,他们的动作十分利落,看起来就像表演艺术一样,一盒饺子一分钟就包好了。

林先生与林妈妈的气质都很好,他们的书卷气看起来一点都不像是在市场包饺子的小贩,他们的人与摊子永远都那样洁净,简直可以用一尘不染来形容。

他们时常带着微笑,一人坐一边,两人包饺子的速度一模一样,包出来的饺子也一模一样,由于饺子好吃,生意好得不得了,常要等一二十分钟才能买到饺子,因此在摊子旁边总是围满等待饺子的人,大家都很安静,仿佛看他们包饺子是享受一般。

但是他们不是天天在固定的地方摆摊，只有星期一、三、六的黄昏才到这里来，有一次我忍不住问："为什么不天天来呢？"

健谈的林先生立刻接口说："因为我们在四个不同的地方摆摊子哩！饺子可以买回家冷冻，很少人会天天买饺子，通常两天买一次就很多了。"

买饺子的时候，我站在旁边等待，有时就和林先生、林妈妈聊起来，才知道他们原来不是路边的摊贩，林先生做了很多年的杂货批发生意，从大盘商那里批货，送到各地的杂货店去，由于守信尽责，生意做得很不错，但在五六年前做不下去了。

"生意为什么做不下去呢？"

林先生感慨地说："到处都开起超级市场，他们都是直接进货，根本不需要中盘的批发。再加上连锁经营的超级商店愈来愈多，统一、味全、义美、新东阳到处都是，连一般的小杂货店都收了，何况是批发，不知道要批给谁呀！"

他不得已把批发的事业收了，接下来失业好几个月，正好遇到一位朋友是在路边摆摊卖饺子，劝他何不摆个水饺摊。夫妻两个从头学习包水饺，他说："包水饺不是简单的事，我研究了很久才出来摆摊子，像配料、作料、馅料都要加得恰到好处，这样才能维持品质，我们摆摊子的人靠的是口碑和信用，慢慢地就做起来了。"

像现在，"林妈妈水饺"的口碑和信用都做起来了，他在四个地方摆摊子，每个地方都要排队等待才能买到。

"生意这么好，一天可以包多少个饺子呢？"

"每天包的饺子在一万到一万五千粒之间。"林先生说。

旁边站着的人一阵哗然，他们的饺子一粒一块六毛五，有人算了一下，一天可以卖出一万六千元到二万四千元之间，一个月的盈收超过四十万。

"真是不得了，比上班好太多了！"旁边的一位主妇忍不住叫起来。

"对呀！早知道包饺子生意这么好，我早就不做食品批发，来卖饺子了。"林先生风趣地说，但是他立刻更正说，"不过，卖饺子也真的很辛苦，在家里的时间都在忙配料，出来摆摊的时候，一坐就是一整天，每一粒饺子都是辛苦捏出来的，不像上班，偶尔还可以休息、偷懒一下。"

林先生真实的说法，令我也感到吃惊，没想到占地不到半坪的一张桌子，一天可以制造一万粒以上的饺子，也没有想到摆摊子一个月有数十万的收入。不禁想起老辈时常说的："要做牛，免惊无牛可拖"，一个人只要勤劳、肯用心，天确实没有绝人之路，不仅不会绝人，还会让人在绝境中开展出新的天地。

台湾的经济奇迹，是由一些平凡的老百姓勤劳与用心而建造起来的。隐没在我们生活四周的许多"排骨大王"、"豆浆大王"、"臭豆腐大王"等等各种大王，也像是林妈妈水饺一样，是一个一个在平凡中捏塑出来的，说不定哪一天，"林妈妈水饺"就会变成"林妈妈水饺大王"了。

我们不必欣羡小小的饺子摊可以带来那么高的收入，因为只要一个人守本分，肯勤劳用心于生活，都可能创造类似的奇迹，就像林先生说的："我觉得咱生在台湾的人真好，只要肯做，就赚得到钱，这世界上有太多地方，即使你肯做，也不一定赚得到钱！"

买好水饺，我沿着市场泥泞的小巷走回家，看到更多我认识的乡亲，有的是从阳明山载菜来卖的，有的是从宜兰开车来卖海梨柑，有的是坪林挑菜来卖的小农，有的声嘶力竭地卖着自己种的柳丁，他们都那样认命无怨地在生活。在黄昏的市集散去之后，他们都会回到温暖的家，准备着明天生活的再出发，看着他们脸上坚强的表情，与生活的风霜拼斗，不禁令我感动起来。

我们在人世里扮演不同的角色，那是由于各有不同的机缘，因此我们应该安于自己的角色，长存感谢的心，像我认识的市场小贩，有大部分都是慈济功德会的会员，他们以行善布施来表达他们内心的感恩。

夜里，煮着林妈妈饺子，感觉到有一种特别的温暖，是呀！在流转的人间，我们要互相爱护，互相尊重、互相崇敬，因为每一个人都不可轻侮，各有尊严的生命。

天下第一针

家前面的巷子里，一直有一个老人摆修皮鞋的摊子，摊子非常小，靠在一家医院的骑楼下，那摊子没有招牌、没有声音，也不起眼，如果不注意就会看不见。

摊主人是一个沉默严肃的人，一向都是面无表情，仿佛老僧入定一样，人来人往，他很少抬眼看一下，甚至眼皮也不眨，有一点睥睨人世的味道。他长得很黑，五官线条一看就知道是北方人，现在台北城内北方的老人并不稀罕，所以也很少人注意他。

我几乎每天都会路过那个摊子，却很少去感受到他的存在，有一天皮鞋底脱落了，就立刻浮起老人和摊子的影像，也终于知道他为什么经过好几年还没有收摊，因为皮鞋破了就感受到他的存在了。

"老伯。"我蹲下来叫他。

"啥？"他眼也不抬地说。

"我这皮鞋破了，请您补一补。"

他把皮鞋接过去,还是不看人,皮鞋在他手里翻来翻去,然后他说:"靠不住!靠不住!"

"什么靠不住?"我问。

"现在人做的东西靠不住呀!你看这皮鞋的底就设计成不能修补的样子,破了就丢,要你去买新的嘛!"

"什么不能修补的样子?"皮鞋摊子说皮鞋不能修补,倒是稀奇。

"这是用火烧的,不是用线,也不是用黏的,怎么补?"老人这下耐心地指给我看皮鞋底部胶合的痕迹,原来是一体成型的。

"拜托,您给试看看好了,这是在法国买的皮鞋,挺贵的,外表还像新的,只是鞋底脱落,以您的手艺当然是难不倒的。"

"当然难不倒我,难得倒还叫天下第一针吗?"老人这下笑了,拿起鞋就要缝了,然后若有所感地说,"谈到皮鞋,法国皮鞋也靠不住,日本皮鞋靠不住,只有美国皮鞋有一点靠得住,意大利皮鞋最靠得住了。"很久以后我才知道他的口头禅是"靠不住"。

大约五分钟,他把皮鞋修好了,说:"十五块!"我以为听错了,又问一次:"多少?"他把双手伸出来十指叉开向外一比,右手往内翻了一下。

"真是太便宜了。"我忍不住说。

"不便宜,算针的,一针五元,缝了三针共十五元。"

果然是天下第一针,原来是一针一针算的。

那一次以后,我和老人逐渐相熟了,见面点个头,寒暄两句,慢慢知道老人在这里摆摊已经有十几年的历史,他的街坊主顾很不少,生意无虑,有一些老太太来补皮鞋会亲切地叫他一声:"老仔!"好像叫老伴一样。

老人的皮鞋摊子不只补皮鞋,他也帮人补皮包、皮沙发,甚至修雨伞,他是那种天生好手艺的人,看来大约七十岁,但双手稳健,修补的皮鞋一针一针，一针都不马虎。他的鞋摊子是自己做的，功能设计非常好，精致得像古董一样，有拖把和轮子，收摊的时候很方便。他自己做了三张折叠的小椅子，两张帆布，很轻便舒适。

老人一直保持他的本色，生活简朴，不被外在环境所动摇，有一次台风天路过看他还出来摆摊，心里颇有不忍之意，但看他像雕像一样坐着，安静、悠然、不忮不求，又欣慰地想：在我们的时代没想到还有这样的人呀！

想到老人常说的话，"这个时代靠不住"，就会想到：如果老人晚生一些，不知道会是什么样子，很可惜，这样好手艺的人早生了几十年呀！

在路过老人的鞋摊时，我总是想，哪一天找个时间坐下来，好好和他聊聊。

几天前，我再路过老人的鞋摊，发现他已经不在了，是去了哪里呢？回乡探亲？或者是……我跑到医院里去问，没有人知道他的下落，柜台小姐说："有很多天没有来了。"

我终于没有再看过老人。

但每次路过，都会不自觉地想起他那风沙的脸，以及他的好手艺。

在动荡的时代，人的命运像一阵风吹过，人的一生如同一粒沙被吹近了，又吹远了，即使是天下第一针也不例外。

在时代里，许多人默默地被掩埋，没有人知道他们的来处，也没有人知道他们去向何方，甚至没有留下一点声音。

像是，一枝针落入大海，无声，也无踪了。

我时常在走过鞋摊时，深深后悔，如果再有一次机会遇到那些有缘的人，我一定要坐下来，好好地和他们认识。

愿你，归来仍是少年